Um Amor para a Doutora *Mary Taylor*

Ana C. Sales

5310 publishing

Mais livros por Ana C. Sales em Português 

Memoir

Romance Histórico

Romance Contemporâneo

USE A CAMERA DO SEU CELULAR PARA SABER MAIS

More books by Ana C. Sales in English

Historical Romance

Contemporary Romance

SCAN TO LEARN MORE

Um AMOR para a Doutora Mary Taylor

Romance por Ana C. Sales

Preparado para publicação por
5310 Publishing Company
5310publishing.com

Nossos livros podem ser adquiridos em lotes para uso promocional, educacional ou comercial. Favor entrar em contato com sua livraria local ou com a Editora 5310 Publishing em sales@5310publishing.com.

ISBN (paperback): 978-1-990158-28-5
ISBN (ebook): 978-1-990158-29-2

Author: Ana C. Sales
Editor: Alex Williams
Cover design: Eric Williams

Primeira edição (esta edição) publicada em Novembro de 2021.

DEDICAÇÃO

Para você, querido leitor, que ama ler, assim como eu.

A leitura de um bom livro te transporta a um mundo novo e desconhecido de sonhos e ilusões.

- Ana C. Sales

A Ponte Que Eu Não Atravessei (2019)

The Greystones - Se Apaixone Por Eles (2021)

Capítulo Um

Paul chegou em seu apartamento e viu a secretária eletrônica piscando. Você tem três mensagens: ele apertou o botão.

Primeira mensagem: — Paul, sou eu, sua mãe, preciso falar com você. Me ligue quando chegar. Beijos com amor.

Segunda mensagem: — Paul, liguei várias vezes em seu celular, você não atende. Estou com saudades… Quando podemos nos ver novamente? Beijos, Andréia.

Terceira mensagem: — Paul, aqui é o Wagner. — Preciso falar urgente com você, aconteceu uma coisa, pode me ligar? Obrigado.

A primeira mensagem poderia esperar, afinal, sua mãe sempre precisava falar.

A segunda já não o interessava mais. Andréia estava ficando cansativa.

Bem… a terceira ele precisava retornar. Wagner, além de ser um grande amigo, era também seu compadre. Paul era padrinho de batismo do filho mais velho de Wagner, o Tadeu.

Pegou o telefone para discar, mas resolveu primeiro tirar o terno, tomar um banho, estava exausto… Não podia ser nada tão sério, ele poderia esperar.

Foi para seu quarto totalmente masculino, com móveis de bom gosto e qualidade. Havia uma cama King Size, coberta com uma colcha verde escura e três lindas almofadas combinando. As paredes eram revestidas de papel de parede importado e havia um grande espelho na lateral direita. Ele podia se ver quando estava deitado, e também quando levava alguém para seu apartamento.

Geralmente, gostava de ir a motéis, que são mais impessoais, mas nada o impediria de ter uma companhia ali, onde ele considerava um antro sagrado.

Entrou em seu enorme closet, que ficava atrás de sua cama, separado apenas por uma parede feita especialmente para aquele fim, e quando começou a desatar o nó da gravata, seu celular tocou no bolso.

— Droga — pensou aborrecido — não tenho sossego nem quando chego em casa.

— Alô? — disse meio seco.

— Cara, estou atrás de você há horas — falou Wagner impaciente. — Você não atende a DROGA do celular.

— Oi, amigo, já ia te ligar, acabei de ver sua mensagem, entrei agora em meu apartamento. O celular estava sem bateria e eu o carreguei no carro. Está tudo bem? — não ligou para o desabafo, conhecia seu amigo há anos e sabia que algo estava errado.

Sentiu tensão do outro lado da linha e começou a ficar preocupado, já ia falar novamente quando Wagner falou:

— Meu filho foi preso, me ajude… — e começou a chorar.

— Calma amigo, estou indo. Onde vocês estão?

— Estamos na décima segunda delegacia. Você pode vir agora? — perguntou seu amigo ansiosamente e aos prantos.

— Claro! Estou saindo, aguenta aí que chego em quinze minutos, no máximo. Diga para o Tadeu não falar nada.

— Tchau!

Paul desceu as escadas correndo, pegou o paletó do terno e as chaves do carro e saiu em disparada para o elevador.

O trânsito naquele momento estava calmo e no máximo em quinze minutos ele estaria ao lado do seu amigo de infância, como havia previsto. Ao parar no sinal, ficou pensando o que Tadeu tinha aprontado desta vez.

Não gostava de julgar os outros, mas era a segunda vez em quatro meses. Será que viraria rotina? — ele pensou contrariado.

A primeira vez houve um roubo e Tadeu estava no lugar errado na hora errada. E agora, o que poderia ser?

Estacionou na vaga em frente à décima segunda delegacia de polícia, desceu correndo do carro e entrou.

Nada o prepararia para o choque que sentiu ao ver o rosto do seu amigo, estava transtornado pela dor, o sofrimento totalmente exposto, seus olhos assustados e vermelhos.

Aproximou-se do seu amigo, que o olhou com lágrimas nos olhos. Na mesma hora, Wagner se jogou em seus braços, num abraço apertado.

— Cadê o Tadeu, Wagner? — perguntou sério.

— Lá dentro com o policial — respondeu fungando.

— Vou lá! Me aguarde aqui, já volto.

Caminhou até um balcão enorme e se identificou como advogado do Tadeu. Na mesma hora a policial de plantão o encaminhou à sala de interrogatório.

— Boa noite. — Entrou sem ser convidado.

O policial levantou-se e o cumprimentou com um aperto de mão. Colocou a mão no ombro de Tadeu e deu um aperto.

— Tudo bem, amigo? — falou carinhosamente. Ele olhou Paul com olhos vermelhos.

Paul olhou para o policial.

— Pode me pôr à par da situação, por favor? — ele era muito educado.

O policial falou polidamente.

— Doutor, aguarde só um momento que o delegado já está vindo, só estava aqui conversando extraoficialmente com o garoto. Com licença. — O policial saiu da sala.

Paul olhou para o filho do seu amigo.

— Pode me dizer o que houve? — falou calmamente.

Tadeu o olhou com os mesmos olhos castanhos claros do seu amigo.

— Nós estávamos no Pier 21 no restaurante Átila e houve uma briga ao lado da nossa mesa. Um cara matou o outro na nossa frente — estava com a voz embargada e os olhos úmidos. — A polícia chegou e me prendeu. Estou sendo acusado, mas eu não fiz isso, tio Paul, juro para você. — Começou a chorar feito criança, colocando as mãos no rosto.

— Como mataram o cara? — perguntou ele serenamente. Tadeu abriu a boca para responder, mas antes que o fizesse, o delegado entrou.

— Boa noite! — já estendendo a mão para Paul.

Paul apertou a mão do delegado e viu em seus olhos que era uma boa pessoa.

— O rapaz aqui foi detido porque os policiais o reconheceram de uma briga passada, mas não passa de um mal entendido e vocês estão liberados. Tudo já foi esclarecido.

Olhou diretamente para Paul e disse:

— Aconselho o senhor a instruir o seu cliente a ficar longe de confusão. Ele já tem passagem pela polícia e onde estiver sempre será o suspeito. Infelizmente nosso sistema judiciário é assim e não podemos fazer nada a respeito. Agradeço a compreensão e peço desculpas pelo inconveniente de tê-lo feito vir aqui, mas, como sabe, em caso de homicídio, tudo deve ser analisado.

Paul olhou para o delegado com olhos cansados e se simpatizou com ele.

— Tudo bem, agradeço ao senhor. Tenha uma boa noite — disse apertando a mão do delegado.

— Boa noite! Eu não sei se será uma noite tranquila, temos muita violência ultimamente — respondeu o delegado, com voz mansa. — E você, rapaz? — falou olhando para Tadeu. — Dê mais valor à sua vida, ao seu pai, que está verdadeiramente arrasado com tudo isso. Muitas vezes, procuramos os problemas. Sua vida é boa e você deve repensá-la. Boa sorte! — apertou a mão de Tadeu e abriu a porta para os dois saírem.

Assim que saíram, Wagner se levantou com um pulo e veio ao encontro dos dois. Apertou o filho em seus braços. — Tudo bem? Você está bem? Podemos ir embora? O que houve lá dentro? — ansiedade e desespero eram visivelmente vistos na voz e expressão de seu melhor amigo.

Paul segurou o braço de Wagner e disse:

— Vamos sair daqui, explico lá fora— Ele falava e já ia conduzindo os dois porta afora.

Saíram da Delegacia de Polícia e pararam ao lado do carro de Paul, no estacionamento.

— Foi apenas um mal entendido — falou calmamente. — O Tadeu estava no Átila do Pier 21 e houve um homicídio lá dentro, mas tudo já foi esclarecido, vocês podem ir para casa. — Falou Paul, cansado.

Wagner o olhou sério e disse:

— Paul, isso está certo? Prender uma pessoa sem provas e nos fazer vir aqui, passar todo esse estresse e depois liberar, apenas com um pedido de desculpas? Devemos processá-los?

Paul olhou para seu amigo, cansado e abatido, lutando para criar seus três filhos sozinho após a morte da esposa, e sentiu um certo orgulho dele.

— Wagner, o Tadeu tem passagem pela polícia e mais de uma vez se envolveu em brigas e discussões em bares. O delegado foi bem cordial e nos liberou sem mais mazelas. É melhor não mexer em caixa de marimbondos. Estamos livres e podemos ir para casa, descansar.

Olhou para o filho do seu amigo de cabeça baixa, o qual conhecia desde que tinha nascido, e sentiu pena. Tocou seu ombro caído e disse suavemente:

— Vá para casa com o seu pai, Tadeu, e pense no que o delegado te falou ainda há pouco. Conselhos são dados e, quando bons, devem ser seguidos. Seu pai tem feito o melhor por vocês, mas vejo que, de alguma forma, tem falhado com você, e acho que você também não facilita as coisas para ele. Repense sua vida, você está com quase dezoito anos. Acho que está mais do que na hora de dar orgulho para esse cara que te ama acima de tudo, e sua mãe ficaria orgulhosa se você pudesse mudar. Estarei sempre aqui, mas não sou Deus. Se você aprontar aos dezoito anos, não poderei te livrar com facilidade, e deve saber que nosso sistema judiciário tem falhas e não é nada competente. Juízo, amigo! Não faça seu pai sofrer além do que vocês já passaram, a vida é curta.

Tadeu olhou para seu padrinho e murmurou envergonhado:

— Obrigado, tio Paul. Prometo que vou fazer diferente dessa vez e minha mãe poderá se orgulhar de mim.

— Me perdoa, pai? Te amo e sei que tem sido difícil para você, sem a mamãe, e eu dando trabalho, mas prometo me comportar de hoje em diante, pois aprendi a lição. Nunca tive tanto medo na minha vida.

Wagner abraçou seu filho com amor.

— A gente se fala amanhã, Wagner, leve-o para casa e descanse também. Você está horrível. — Falou Paul sorrindo com os olhos.

— Obrigado amigo, passo no seu escritório amanhã para acertar tudo. Você também está horrível — falou sorrindo.

— Deixa disso, sabe que não vou te cobrar, mas será bem-vindo ao meu escritório para conversarmos.

Deu um abraço apertado no seu amigo e outro em seu filho, bagunçando seu cabelo, que estava precisando de um bom corte.

— Juízo, hein? — Não sabia por que, mas, dessa vez, Paul acreditou em Tadeu.

Todos eles se despediram e foram para casa. Paul deu uma olhada no relógio do carro que marcava 21:00. Precisava de um banho, uma refeição leve e uma boa noite de sono.

O dia tinha sido cansativo e ele ansiava por relaxar em seu apartamento.

Enquanto dirigia para casa, Paul foi refletindo sobre o seu dia.

Estava exausto e ao mesmo tempo muito contente. Tinham vencido mais uma batalha contra um milionário sem caráter e egocêntrico.

A audiência demorou mais que o esperado, e ainda teria que rever alguns pontos para melhorar ainda mais a situação de sua cliente. Felizmente, o juiz tinha concordado com a guarda compartilhada, menos mal.

Após dois longos anos de brigas, muitas imposições e discussões, agora tudo poderia ser mais calmo, para Helen, sua cliente, e os filhos.

Muitas vezes, a profissão de advogado é estressante e a pressão é muita, mas, quando se ganha uma causa, tudo vale a pena, pensou Paul.

Quando era procurado para solucionar algum problema, sempre se esforçava para fazer o seu melhor, garantindo, assim, que o cliente saísse satisfeito com seu desempenho e ele pudesse se orgulhar de ser quem era. *E sempre não foi assim?* Pensou irônico.

Paul levava sua carreira muito a sério e gostava de saber que poderia fazer a diferença junto às pessoas e colaborar para que houvesse justiça. Mas, nem sempre a justiça era feita. Cada juiz pensava de um jeito e quando não conseguia obter bons resultados, ficava frustrado e se culpava achando que não tinha feito o seu melhor.

Ele se considerava um verdadeiro sortudo, era alto, com cerca de um metro e noventa e quatro de altura, noventa quilos muito bem distribuídos, cabelos castanhos escuros e grandes olhos azuis. Suas sobrancelhas eram grossas e espessas e, uma vez por mês, ele mandava retirar o excesso de cabelo, para que ficassem mais bonitas. Podia-se dizer que ele era um metrossexual. *E daí? Nunca soube que gostar de andar bonito e ter vaidade era pecado.*

Beleza não era exclusividade somente das mulheres.

Adorava mudar de visual, deixava barba, tirava barba, deixava bigode, cavanhaque e o que mais pudesse, mas sempre muito limpo, disso ele fazia questão.

A aparência era tudo, principalmente na profissão, em que ele precisava transmitir confiança e credibilidade, ele pensava sorrindo.

Seus ternos eram todos confeccionados na melhor alfaiataria da cidade e os sapatos, esses ele fazia questão de serem feitos à mão e italianos. Conforto e qualidade.

Apesar de morar bem, ser vaidoso e andar muito bem vestido, uma vez por mês ele participava do "sopão" no centro da cidade.

Um grupo de doze pessoas disponibiliza um pouco do seu tempo para ajudar os menos afortunados.

Moradores de rua, que viviam à margem da sociedade, onde muitos transitam e fingem não ver e nem ouvir. Paul gostava de saber que pelo menos uma vez a cada mês ele podia ajudá-los e sempre ansiava por esses momentos.

Através desse pequeno gesto, expressava seu amor ao próximo e retribuía tudo o que recebia de Deus e de sua família.

Nem todos tinham o privilégio de ter nascido em uma família bem estruturada e ter pais tão amorosos. Ele era sortudo e então o jeito de compensar era esse, ajudando e servindo ao próximo cada vez mais.

Foi através de uma amiga, Amanda, também advogada, que Paul conheceu o grupo *"Ajudando os Menos Afortunados"*. Ele foi convidado a participar pela primeira vez do "sopão", como é chamado, quando um dos integrantes ficou doente e não pôde comparecer, assim, de onze pessoas, passaram a ser doze, com a sua total dedicação.

Resolveu colaborar com o grupo, dois anos após ter perdido seu irmão mais velho, John, por overdose de cocaína.

Ele e sua família passaram por momentos de puro terror e frustração, quando não tiveram possibilidade de ajudar seu irmão. Cada pessoa que ele conseguia retirar das ruas, das drogas ou mesmo da prostituição, e levar uma palavra de conforto e solidariedade já valia a pena. Ele enxergava seu irmão em cada um deles. Não era perfeito, mas sempre procurava ter seriedade e, acima de tudo, ser caridoso.

Enquanto dirigia para casa, ele pensava no irmão. Fazia quatro anos que ele havia falecido, e Paul e a família ainda não tinham se acostumado com isso.

Seu irmão era maravilhoso, espirituoso e engraçado. O tipo de pessoa que todos querem por perto. Era agitado no seu jeito de ser e não negava nada às pessoas. Fosse o que fosse, John procurava um jeito e socorria. Mas, infelizmente, o professor de educação física da escola — nunca pensamos no professor como um possível viciante de jovens, ninguém nunca poderia imaginar que o próprio professor, alguém em que se confia, iria oferecer drogas a um aluno. Mas foi o que aconteceu, e o fim foi muito triste e angustiante, tanto para John como para todos da família. Principalmente para o pai deles, que era um delegado da Polícia Federal aposentado. Sempre combateu as drogas e procurava não dar moleza aos traficantes.

Eu odeio traficantes — pensou aborrecido. Por mais que tentasse aceitar que cada um faz o que quer da vida, ele não se conformava de não haver penas mais duras e que realmente funcionassem.

Cada vez mais o mundo estava sendo assolado com as Drogas, e todos os dias surgiam drogas diferentes e mais potentes. No momento, o que estava imperando era o uso do crack, e os viciados mais pareciam zumbis, por isso levavam o nome de "noias", por não dormirem à noite em busca de cinco segundos de prazer.

Paul desviou seus pensamentos para outras coisas. Essas reflexões só o deixavam triste e deprimido.

Ele mais uma vez se encantou quando entrou em sua rua.

Era toda arborizada com lindos Ipês de todas as cores. Quando floresciam, era uma verdadeira obra de arte.

O trânsito já estava bem tranquilo àquela hora da noite, foi direto para seu apartamento, uma cobertura enorme em um dos bairros mais nobres da cidade. Sempre soube que morar bem seria uma questão de princípios, e disso ele não abriria mão.

Capítulo Dois

O hospital estava lotado e Mary subiu direto para o centro cirúrgico. Acidentes de moto eram os mais comuns.

Ela era competente e rápida.

— Bom dia, Dra. Mary — sua assistente falou alegre.

— Bom dia! — respondeu Mary.

A cirurgia não foi demorada e tudo correu bem. Em poucos dias o paciente já estaria em casa e com várias cicatrizes no abdômen.

O carro que bateu no motoqueiro o pegou em cheio, era um verdadeiro milagre estar vivo.

— Como está a nossa agenda hoje? — perguntou enquanto tirava as luvas.

— Você tem mais duas cirurgias hoje.

— Tenho tempo para um café? — perguntou sorrindo.

— Claro! Vou mandar trazerem o paciente. Você dispõe de meia hora.

— Ok. Obrigada, Patty.

Mary era meiga e muito capaz. Sua eficiência em fazer cirurgias estava sendo apreciada por todos no hospital, ela era rápida e precisa com o bisturi.

Desceu o elevador com mais duas pessoas, mas não prestou atenção, estava conferindo suas mensagens no celular.

— Preciso ligar para a mamãe — pensou.

Entrou na lanchonete lotada de gente e fez um pequeno sinal para o seu amigo atendente. Ele já sabia o que ela queria e fez um sinal positivo com o dedo. Mary agradeceu com um sorriso e esperou.

— Bom dia, Dra. Mary! — falou o Dr. Robson, brincando com ela.

— Bom dia! — respondeu sorrindo.

— Posso te fazer companhia, Mary? — perguntou ele alegremente, puxando a cadeira.

— Claro! Como andam as coisas? Muita correria, né? — ela falou guardando seu celular no bolso do jaleco.

— Nem fale, querida. Acho que todos resolveram ficar doentes. — Ele falou olhando em seus olhos verdes.

Robson era um ótimo cardiologista, mas não fazia cirurgias.

— É verdade. Ainda tenho mais duas cirurgias hoje e acabei de sair de uma.

— Como você pode ser tão linda? — perguntou Robson de repente.

— Já nasci assim — respondeu Mary sorrindo alto, e ele também sorriu, amando aqueles lábios carnudos dela.

— Que tal sairmos amanhã? Jantar fora ou apenas relaxar tomando uma taça de vinho? — ele perguntou esperançoso.

O atendente trouxe seu pedido, Mary pagou com o cartão e já foi comendo rápido.

— Estou tão cansada, Robson. Vamos deixar para a próxima, ok? — falou levantando de sua cadeira e dando um beijo carinhoso na bochecha do amigo.

— Ok, querida. Como queira — respondeu aborrecido e com um sorriso pálido.

Mary saiu apressada.

Robson recostou na cadeira e pensou em Mary. Já haviam saído juntos algumas vezes e o sexo era sempre bom, mas Mary não parecia querer compromisso — pensou frustrado.

Ele conhecia Mary há dois anos e estava apaixonado por ela. Nunca tinha se declarado, mas as atitudes dizem mais que as palavras, certo? — ele pensou.

Ele queria alguém como Mary, inteligente, independente e carinhosa. *Seria pedir muito?* — pensou desgostoso. — *Acho que nunca terei chance com ela* — falou mentalmente.

Mary tinha tido um dia exaustivamente agitado.

Era uma linda médica, cirurgiã geral, morena, cabelos bem pretos, olhos verdes, alta e magra demais. Como trabalhava de doze a quatorze horas por dia, mal tinha tempo para comer.

Era uma mulher prática e independente. Filha de mãe solteira, foi criada sem uma figura paterna e com os pés no chão, muito dentro da realidade de como era a vida, tendo em vista que sua mãe nunca foi de passar a mão em sua cabeça.

Se era independente foi porque lutou muito para chegar onde estava.

Chegou em casa exausta e faminta, já passavam das 20:50.

Estava morando em seu novo apartamento há cinco meses e sentia-se supercontente. Considerava-se sortuda por morar tão bem, em um apartamento de alto padrão. Quase não se ouvia barulho dos vizinhos e poucas vezes encontrou alguém nos elevadores ou na garagem.

Com a vida corrida que levava, ao chegar em casa somente queria um banho morno, algo para comer e cama.

Não tinha namorado e não pretendia ter tão cedo. Esse tipo de relacionamento somente atrapalhava.

Ela gostava de sua vida de solteira e de não ter que dar satisfação a ninguém. Era dona de seu nariz e pretendia ficar assim por um bom tempo.

Estava lutando com a fechadura da porta há dez minutos e resolveu ir até a portaria para pedir ao porteiro para acompanhá-la e tentar abrir aquela maldita porta.

Esperou o elevador e, quando chegou, deu de cara com um homem elegantemente vestido e com cara de poucos amigos.

— Boa noite! — cumprimentou Mary.

— Boa noite! — respondeu Paul, educadamente.

Após alguns segundos...

— Você mora aqui? — perguntou ele.

— Sim. Estou indo à portaria pedir ajuda, a minha fechadura emperrou e a chave não entra, estou muito cansada...Oh, Deus! Mil perdões, não queria descarregar minhas frustrações em você. Puxa vida, estamos subindo! — era nítido o aborrecimento na cara e na voz dela.

Paul apenas sorriu.

— Meu nome é Paul e eu moro na cobertura, por isso estamos subindo.

Que esnobe! — pensou ela sem dizer nada.

— Quer que eu a ajude? — perguntou ele mais por educação, porque estava muito cansado e não gostaria de ajudar ninguém, queria ir para sua casa o mais rápido possível.

— Muito obrigada! — respondeu Mary, sem nem olhar na cara dele. — Vou chamar quem entende dessas coisas — falou ela e o olhou de cima a baixo.

— Que casca grossa! — pensou Paul aborrecido.

— Ok — foi a resposta curta dele.

O elevador parou em seu andar e Paul saiu dizendo um boa noite fraco. Sem esperar por resposta já foi pegando sua chave, pouco olhou no rosto de Mary.

Mary desceu mais aborrecida ainda do que já estava, pois teve que subir até o vigésimo sétimo andar e agora teria que descer tudo novamente.

Que contratempo — pensou aborrecida. — Rapaz metido a besta. "Moro na cobertura, por isso estamos subindo" — imitou Paul.

O porteiro foi muito educado e chamou um outro funcionário da noite para ficar em seu lugar e acompanhou a Dra. Mary.

Sem muita dificuldade, foi aberta a porta e Mary agradeceu educadamente ao porteiro, insistindo em dar-lhe uma gratificação.

— Muito obrigado, Dra. Mary — disse humildemente sorrindo.

— Boa noite! — respondeu Mary, sorrindo também.

— Amanhã mesmo vou providenciar a troca dessa fechadura, para evitar novos aborrecimentos — pensou Mary fechando a porta e respirando aliviada.

Tomou um longo e relaxante banho, esquentou algo que a faxineira havia deixado na geladeira e que ela comeu com gosto. Não saberia dizer se era frango ou peixe, mas estava ótimo.

Pegou uma taça de vinho e sentou-se em uma poltrona confortável, em sua espaçosa sacada.

A lua estava maravilhosa e ela pôde relaxar ali.

Lembrou do homem do elevador. *Lindo!* — pensou sorrindo. — *Lindo e metido* — sorriu novamente.

Ficou pensando que se ela não estivesse tão cansada e aborrecida por causa daquela maldita fechadura, poderia ter dado uma flertada com o lindo homem da cobertura — sorriu ao imaginar isso. — *Que tempo teria?* — pensou.

Recolheu a taça e foi para seu quarto dormir. No momento em que colocou a cabeça no travesseiro, fechou os olhos, já caiu em um profundo sono.

Mary acordou com o despertador e respirou fundo. Fez suas orações agradecendo a Deus por mais um dia de vida e pediu muitas bênçãos e graças pelo novo dia.

As semanas passaram voando e, após dois meses e meio, Mary encontrou novamente Paul no elevador.

— Boa noite! — ele disse educadamente.

— Boa noite! — ela respondeu olhando em seus olhos.

— Você é médica? — perguntou Paul lendo seu nome no jaleco.

— Sim — respondeu sorrindo.

— Cansada? — ele perguntou.

— Exausta — ela respondeu. — Boa noite! Eu fico por aqui.

— Boa noite! — respondeu Paul reparando em seu lindo traseiro.

O elevador fechou e Paul imaginou fazendo amor com ela, o que o fez dar um sorriso balançando a cabeça. — *Quanta imaginação!*

— refletiu sorrindo e achando divertido seus pensamentos pecaminosos.

Paul chegou em sua cobertura e estava tudo limpo e cheiroso, sua faxineira realmente era caprichosa e merecia o salário que ganhava. Estava tudo impecavelmente asseado e em ordem.

Retirou sua gravata e lavou bem as mãos. Pegou algo na geladeira e esquentou no microondas, comeu sem saber o que era, mas estava muito bom.

Capítulo Três

— Paul, é você mesmo? — disse sua colega Debby, aproximando-se. — Tudo bem?

— Oi Debby, tudo bem e você? — olhou para ela de forma divertida.

— Estou como sempre — falou sorrindo — um pouco estressada, tive audiência o dia todo hoje e ainda levarei trabalho para casa.

— Vida de advogada — falou sorrindo. — Não era isso que tanto queríamos? Ansiamos por termos o celular o tempo todo tocando, hoje, queremos jogá-lo contra a parede. Quer um conselho, Debby? — perguntou sem esperar resposta. — Vá para casa, tome um bom banho, depois uma taça de vinho e relaxe. Amanhã será um novo dia.

Debby o olhou com seus olhos lindos cor de mel e disse:

— Você sempre tão... tão... simples. Como consegue não ficar estressado? Queria poder ter toda essa calma, sabia?

Paul sorriu com charme, dizendo:

— Calma, garota, você chega lá.

Os dois deram um sorriso maroto e se despediram com um suave beijo nas bochechas.

Debby era inteligente, divertida e muito bonita. Excelente profissional.

Atuava na área trabalhista e não suportava empregados que queriam a todo custo extrair dinheiro do empregador. Ela dizia que, infelizmente, a justiça trabalhista nem sempre fazia justiça. Muitas vezes ele concordava com ela.

Arrumou sua mochila para o dia seguinte. Era dia do "sopão" e ele sempre trocava de roupa antes de deixar o escritório e ir com seus amigos em uma kombi velha e furada nas laterais.

Por volta das 19:00, ele já estava se preparando para sair com seus amigos para o sopão.

Paul trocou de roupa e deu as chaves do seu carro ao rapaz encarregado de deixar o veículo na garagem de sua casa e seus pertences em sua cobertura. Ele trabalhava com Paul há cinco anos e era de extrema confiança.

— Vamos? — falou animado para a turma dentro da kombi velha.

Ao chegar, constataram que o centro da cidade estava mais cheio do que no mês passado. A cada dia aumentava mais e mais o número de desabrigados, e o governo parecia não tomar conhecimento da situação. Era extremamente degradante ver tantos jovens e velhos andando sem rumo, sem esperança e totalmente alheios ao seu redor.

— E aí, Paul, tudo bem, cara? — Seu amigo Roger estava entusiasmado e feliz por fazer a diferença.

— Tudo bem cara, e você? — falou sorrindo enquanto pegava mesas para montar uma a uma. Toda vez era a mesma coisa, uniam várias mesas de plástico para formar uma grande mesa e colocavam ali grandes panelas de sopa, pães, tortas salgadas e alguns doces que pessoas ricas doavam quando faziam festas e havia sobras. Mas nem sempre havia doces.

Eles procuravam não enfeitar demais aquilo tudo e dar falsas esperanças aos moradores de rua. Uma vez ou outra existia aqueles docinhos maravilhosos.

— Roger, pode passar as toalhas para mim, por favor? — pediu Paul educadamente.

— Cara, a situação aqui está cada dia pior! — enquanto passava as toalhas ele falava e olhava em volta. — Paul olhou na direção dos olhos de Roger e também ficou triste.

— Pois é, e o governo não faz nada.

— Muitas vezes, também, esse pessoal não quer ir para abrigos ou voltar para suas casas deprimentes e violentas, preferem morar na rua — falou Roger.

— Lembra daquele censo que fizeram aquela vez? Eles não queriam voltar para casa — Paul falou arrumando as coisas depressa.

A fila já estava se formando e os moradores de rua começaram a ficar impacientes.

Os doze amigos iam passando os pratos e cada um completava o prato com um alimento, Paul era o último da mesa. Ele que servia a sopa, e era imprescindível que fosse colocado somente uma concha bem cheia, não poderia colocar mais que isso, senão não haveria sopa para todos.

— Coloca mais sopa — falou o rapaz maltrapilho, muito sujo e de olhos vidrados, claramente chapado.

— Não posso, amigo, fará falta para outras pessoas, mas você já tem muita comida aí, né? Tem pão, torta salgada e sopa — Paul falava calmamente sorrindo para o noiado.

De supetão, o rapaz jogou o prato no chão e pegou uma faca, que estava na cintura, e enfiou com toda força na barriga de Paul.

Paul deu um grito alto e angustiante, o que fez com que todos parassem o que estavam fazendo. O rapaz maltrapilho fugiu correndo, e Paul ficou agonizando no chão.

— Chamem uma ambulância, rápido — gritou alguém muito longe.

— Será que morrerei assim? — pensou Paul, sentindo suas pernas e braços ficarem dormentes. Sem resistir mais, ele perdeu os sentidos.

Todos os seus amigos correram de um lado para o outro, tentando a todo custo socorrer Paul.

— Deixa que eu fico com ele — falou Roger apavorado — continue a servir o pessoal, Katy.

— Ok — falou chorando.

Todos ficaram apreensivos e começaram a repensar se era uma boa ideia irem ao centro uma vez por mês. Já tinha acontecido com outros grupos de pessoas que ajudavam. Estava cada vez mais difícil, porque não havia policiamento no local e eles estavam à mercê daquelas pessoas drogadas.

A ambulância chegou depressa, em menos de oito minutos, e Paul foi levado ao hospital mais próximo. Ele sangrava muito e estava pálido como nunca.

—Dra. Mary, compareça com urgência ao centro cirúrgico. Dra. Mary, compareça com urgência ao centro cirúrgico — repetiu a telefonista do hospital.

Mary pegou o elevador e correu para o centro cirúrgico. Já foi colocando a touca, luvas e roupas adequadas.

— O que temos aqui? — perguntou ao se aproximar do homem na mesa de cirurgia.

— Levou uma facada de um morador de rua — falou sua assistente.

— Desinfete bastante! Essas facas são sujas e têm muitas bactérias. — Perdeu muito sangue, né?

— Sim. Ele foi atingido feio no abdômen.

— Vamos operar para ver se não perfurou o intestino, meu maior medo — falou Mary, franzindo a testa.

— Estamos perdendo o paciente! — gritou o outro médico.

— Vamos tentar reanimá-lo — falou Mary.

Ela fez massagem no coração de Paul por meia hora, sem parar, e perguntou o nome do paciente.

A assistente olhou depressa na ficha e disse:

— O nome dele é Paul.

— Vamos, Paul, fique comigo. Ainda não chegou sua hora, rapaz — ela falava baixinho para ele. — Reaja! Reaja, Paul.

Mary não desistia tão fácil de seus pacientes e estava convicta de que aquela não seria a hora dele.

Continuou lutando e, quando não teve mais forças, deu espaço para seu colega continuar a massagem. Estava exausta.

Paul respirou novamente. Todos respiraram aliviados no centro cirúrgico.

Alguns minutos depois.

— Outra parada cardíaca — falou seu colega depressa.

— Vamos tentar novamente. Nós não vamos perder essa vida.

Mais massagens no coração. Nada estava resolvendo.

— Traga o desfibrilador! Rápido! — todos estavam lutando e tentando salvar aquele homem.

Após quarenta e cinco minutos de muita luta, com muito esforço e dedicação de todos presentes no centro cirúrgico, Paul voltou a respirar.

— Graças a Deus! — Mary falou aliviada e contente.

— Obrigada, pessoal. Vocês são uma equipe fantástica. — Mary estava emocionada e grata. Limpou a testa com a manga do jaleco e respirou fundo.

A cirurgia estava sendo mais difícil do que pensava. A faca, infelizmente, tinha perfurado o intestino, e a confusão lá dentro estava terrível. Dois médicos operavam Paul junto a Mary.

— Pode deixar que eu assumo aqui, Mary — seu colega cirurgião falou.

— Ok. Só falta fechar e dar os pontos. Tem alguém da família do paciente lá embaixo? — perguntou, retirando as luvas na outra sala. Estavam cheias de sangue.

— Sim, tem sim, Dra. — respondeu Patty.

— Vou falar com a família e já volto. Devem estar ansiosos. Quero acompanhar esse paciente de perto, o caso foi bem grave.

Desceu o elevador, exausta e ainda de touca e roupa cirúrgica. Só tinha retirado o jaleco cirúrgico, mas continuava com as roupas.

— Boa noite! Sou a Dra. Mary. Vocês são parentes do Paul?

— Não. Nós somos parentes da Andréa. Pode nos dar notícias, doutora?

— Desculpe! Meu paciente é outro. Tenho certeza que logo o médico que a está atendendo virá falar com vocês — falou Mary, tranquilizando a família e tocando carinhosamente no braço da moça.

Olhou em volta e viu três pessoas aflitas. *Devem ser aqueles* — pensou encaminhando-se a eles.

— Vocês são parentes do Paul? — perguntou olhando para os três. Uma senhora elegantemente vestida, um senhor de boa aparência e outra moça muito bonita de olhos azuis.

— Sim — a senhora respondeu levantando-se depressa, e os outros a acompanharam.

— Sou a Dra. Mary e fiz a cirurgia dele. Ele agora está estável, nós o colocaremos na UTI e ficará em observação a noite toda. Foi uma cirurgia delicada, porque foi perfurado o intestino, o que é muito ruim, nesses casos. Mas já estamos administrando os antibióticos adequados e vamos torcer para que ele tenha uma boa recuperação — ela falava tudo com muita calma e profissionalismo.

— Podemos vê-lo? Eu sou a mãe dele — falou com lágrimas nos olhos.

— Hoje não será mais possível. Eu vou dar mais uma olhada nele e, antes de ir embora, eu passo aqui para dar novas notícias, tá bom?

— Ele ficará bem? — perguntou o pai angustiado.

— Espero que sim. Nós lutamos muito por ele — respondeu Mary delicadamente.

— Muito obrigado, doutora — falou o senhor que parecia ser o pai.

— Com licença. Fiquem tranquilos, vai dar tudo certo — falou sorrindo olhando para a mãe angustiada.

— Obrigada, doutora — falou a mãe limpando as lágrimas com um guardanapo.

Mary subiu novamente e foi direto para a UTI. Sabia que o paciente já estaria limpo e instalado com toda a aparelhagem devida.

Foi direto para o leito 7.

Olhou para Paul e o reconheceu na hora. Levou um susto.

— Meu Deus! É o rapaz que mora na cobertura — constatou perplexa. — Como foi levar uma facada de um morador de rua? Teria sido assaltado? — ela não saberia dizer.

Verificou tudo, chamou a enfermeira e prescreveu todos os medicamentos para Paul.

— Espero que você se recupere, Paul — falou baixinho para ele. —Tenha uma noite tranquila — desejou antes de sair.

Ao chegar à recepção, a família se levantou assustada.

— Fiquem calmos. Ele está bem. No momento, ele dorme tranquilamente e qualquer mudança, temos ótimos médicos na UTI.

Prescrevi remédios para dor a cada seis horas, assim ele poderá ter uma noite sem dores. Vão para casa descansar e amanhã voltem para a visita. Podem entrar três pessoas separadas e ficar com ele por quinze minutos cada — falou calmamente.

— Obrigada, doutora. Sei que está fazendo o melhor para meu filho.

— Ele mora no edifício Vintage? — perguntou olhando para a mãe de Paul.

— Sim. Você o conhece?

— Eu moro lá também e, se não me engano, já nos encontramos duas vezes no elevador. Só pude constatar que já o tinha visto agora, quando voltei à UTI, antes não saberia dizer, pois ele estava com oxigênio na mesa de cirurgia. Que bom que pude ajudá-lo — ela falou sorrindo.

— Eu sempre falo para ele não ir nesse "sopão", mas não adianta falar — recomeçou a chorar.

— "Sopão"? — perguntou Mary sem entender.

— Uma vez por mês, ele participa de um sopão no centro da cidade, distribuindo sopas e roupas aos moradores de rua — falou a irmã de Paul. — Meu nome é Emily e sou a irmã mais nova dele — ela falou olhando para Mary com seus olhos azuis imensos e lindos.

— Muito nobre, mas realmente perigoso. Vamos todos rezar para que ele fique bem, não é mesmo? Boa noite!

Mary foi se afastando e de repente recebeu um abraço pelas costas da mãe de Paul.

— Obrigada, Dra. Mary — falou emocionada.

— Claro! Não precisa agradecer. Amanhã eu venho bem cedo e já dou uma olhada nele, antes de qualquer coisa. Me passe seu telefone, por favor, que irei te dar notícias antes da visita, que só acontece às 14:00.

— Graças a Deus existem anjos na terra — a mãe de Paul falou, já pegando seu cartão de visita e entregando-o a Mary. Ela deu uma olhada rápida no cartão e leu "Assistente Social".

— Pode deixar que ligo para você de manhã. Tenham uma boa noite — falou meigamente.

— Muito obrigada! — os três falaram juntos.

Mary sabia que a polícia já tinha sido avisada. Todos os pacientes que davam entrada em hospitais baleados ou esfaqueados tinham que comunicar a polícia. Ela sabia também que poucas vezes o agressor era detido ou permanecia na cadeia. Essa era a triste realidade da cidade grande.

Mary saiu do hospital e foi refletindo para casa. *Então o bonitão morador de uma enorme cobertura participava de um sopão?* Cada dia mais ela se surpreendia com o mundo e com as pessoas.

Jamais poderia imaginar que um homem daqueles, bem vestido e bonito, pudesse fazer caridade. A vida era uma caixinha de surpresas mesmo.

Mary achou que ele não poderia ser casado, do contrário a esposa estaria no hospital também — pensou encabulada.

Ele é muito bonito, mas foi muito metido no primeiro dia que se encontraram — ela confabulava com seus pensamentos até chegar em casa.

Enquanto, isso na UTI, Paul tinha uma experiência única na vida.

Viu várias pessoas ao redor de si cuidando e tranquilizando-o de que tudo ficaria bem. Eram espíritos de luz que o auxiliavam. Seu irmão era um deles.

Ele se sentiu grato e reconfortado.

Sentiu a presença de Deus ali também e soube que ficaria tudo bem. Deus estava dando uma nova vida a ele.

Ele com certeza aproveitaria. Agradeceu mentalmente a todos.

Os espíritos o deixaram e foram rondar o hospital para ajudar outras pessoas que precisavam de auxílio.

Paul teve uma noite tranquila e dormiu o tempo todo. Acordou com uma enfermeira ao seu lado, preparando-o para o banho, que seria ali mesmo, enquanto outra já ia trocando a roupa de cama. Tudo era feito com pressa e precisão.

— Bom dia! — falou a enfermeira, que já o lavava com uma bucha feita de panos.

— Bom dia! — respondeu fraco.

— Não mexa muito esse braço para a agulha não sair da veia, tá bom? — falou a outra enfermeira.

— Como vim parar aqui? — ele perguntou sem lembrar de nada do que tinha acontecido.

— Você foi esfaqueado e operado, ficará tudo bem. A Dra. Mary já vem vê-lo — falou a enfermeira rapidamente.

— Estou com muita dor aqui — falou Paul já querendo colocar a mão em sua barriga.

— Não! Não! Por favor, não coloque a mão aí, você sentirá mais dores. Vou buscar o remédio para dor.

A enfermeira saiu e a outra continuou dando banho nele. Era horrível a sensação de impotência e de não poder mexer, porque sentia muitas dores. Ficar à disposição assim das enfermeiras, sem nada de roupa, era enlouquecedor. Ele só queria estar em casa ou no escritório.

Ficou em total silêncio quando a outra moça chegou com uma bandeja com seringas e veio aplicar a medicação onde estava o soro.

Não passou muito tempo e ele já estava limpo, com o curativo feito, alimentado com um café da manhã fraco e dormindo.

— Como está o nosso paciente hoje? — perguntou a Dra. Mary, entrando no quarto e acordando Paul.

Já foi pegando o seu pulso para sentir os batimentos cardíacos, examinando e auscultando o coração com o estetoscópio. Colocou um par de luvas que tinha saído de seu bolso do jaleco e foi retirando o lençol para examinar o curativo.

— Pegue o soro fisiológico ali, por favor — falou ela delicadamente para a enfermeira ao seu lado.

Enquanto trabalhava concentrada em retirar o curativo para ver o estado que estava a cirurgia, ela falou mansamente.

— Como você está se sentindo hoje, Paul? — olhou em seus olhos azuis e arrepiou. — *Que homem lindo!* — pensou.

— Estou muito cansado, nunca me senti tão fraco e com dores — falou de olhos fechados.

— A fraqueza é porque você perdeu muito sangue. As dores são normais, você passou por uma grande cirurgia, a faca atingiu vários órgãos e é um milagre você estar aqui hoje.

Ele olhou pela primeira vez para a médica.

— Eu te conheço? — perguntou meio sonolento, a voz estava totalmente grogue.

— Sim. Moramos no mesmo prédio — ela sorriu enquanto falava — meu nome é Dra. Mary. — Fez questão do Dra. para manter uma boa distância entre eles.

— Ah, sim! — ele fechou os olhos e dormiu.

— Isso mesmo. Durma tranquilo — ela falou fechando novamente o curativo.

Paul abriu seus grandes olhos azuis.

— Se correr tudo bem, amanhã te darei alta da UTI e você poderá passar para o quarto — falou e já foi saindo, dando instruções à enfermeira.

Paul não respondeu nada, estava muito fraco e não conseguia manter os olhos abertos. O sono era terrível.

— Você gostaria de alguma coisa? — perguntou a enfermeira solícita.

— Posso me levantar? — perguntou ele esperançoso e totalmente debilitado.

— Não, Paul. Quando estamos na UTI não saímos da cama para nada. — Você precisa de alguma outra coisa?

— Não. Está tudo bem. Obrigado! — falou com um sorriso fraco nos lábios. Fechou os olhos e dormiu novamente.

Acordou com alguém trazendo uma bandeja com comida. Foi colocado uma mesa à sua frente e a moça apenas deu um sorriso. Nenhuma palavra foi dita.

— Você poderia, por favor, levantar um pouco a cama para eu poder comer? — perguntou Paul para a moça da cozinha.

— Claro! — respondeu educadamente.

Paul conseguiu levantar a tampa e sentiu o aroma gostoso da comida. Constatou que estava faminto.

Comeu toda a refeição, com bastante dificuldade, sem poder se movimentar muito, saboreou a sobremesa e tomou todo o suco. Se sentia bem melhor.

Após retirarem a bandeja vazia e a mesa, a enfermeira veio e trocou o curativo. Sentiu muitas dores ao ser limpado o ferimento e pediu para escovar os dentes, o que foi atendido prontamente.

— Muito grato enfermeira — falou sorrindo para ela.

— Meu Deus, que homem! — pensou a enfermeira sorrindo e imaginando coisas. Ele realmente era um tesouro — ela pensou.

Às 14:00 sua mãe entra na UTI.

— Meu filho! que susto enorme você nos deu! — como você está, meu querido? — falou sua mãe já o abraçando e beijando sua face pálida.

— Estou bem melhor mamãe. Não se preocupe que eu ficarei bem — falou tranquilizando a mãe.

— Paul, me prometa que não participará mais desse sopão ou qualquer outro ato de caridade com esses delinquentes — sua mãe falava chorando.

— Calma mãe, está tudo bem. Eu ficarei bem. Da próxima vez irei de colete, tá bom? — Paul falou brincando e sorrindo fraco.

Sua mãe o beijou e ficou passando a mão em seu cabelo.

— Eu te amo meu filho! Não conseguiria perder outro filho! — ela chorava soluçando.

— Calma mamãe, eu estou bem. Amanhã já irei para o quarto e poderemos ficar juntos, ok? — falou segurando a mão da mãe.

— Papai também está aí? — perguntou para mudar de assunto.

— Sim. Seu pai e o Roger.

— Então desce para que eu possa ver o papai também. Não chore mais. Eu estou bem. — Ele deu um beijo carinhoso na mão de sua mãe e fechou os olhos. — Odiava ver a mãe sofrendo e por culpa dele.

Sua mãe obedeceu e desceu e seu pai subiu para ver o filho.

— Paul? — chamou seu pai baixinho achando que ele já estava dormindo.

— Oi papai — Paul abriu os olhos e um lindo sorriso amarelo.

— Você nos assustou filho — seu pai encheu os olhos d'água e Paul se odiou por fazer seus pais sofrerem tanto.

— Está tudo bem papai, não se preocupe. Amanhã mesmo estarei no quarto, onde poderemos conversar melhor.

— Sente dores? precisa de alguma coisa? — seu pai perguntou ansioso.

— Não preciso de nada papai. Está tudo bem. — Paul novamente fechou seus olhos para não olhar para o pai, não suportava ver tamanho sofrimento.

— Então vou descer para seu amigo Roger subir — seu pai falou dando um tapinha de leve em seu braço, abaixando e beijando o filho na testa.

— Eu te amo papai — falou Paul emocionado.

— Também te amo filho. — Cuide-se.

— Pode deixar — respondeu Paul, cansado.

Seu pai saiu e ele ficou esperando Roger por uma eternidade.

— E aí amigo, como você está? — Roger perguntou aproximando-se do amigo.

— Estou com muitas dores, cara. — Pegaram o moleque?

— Não. Ele deve estar escondido em alguma construção abandonada. Isso já era de se esperar — mas você deve se preocupar em ficar bom logo, depois a gente toma outras providências em relação a isso.

— Não vou fazer nada Roger. O cara já é um drogado, ele só queria mais comida. Estava totalmente grogue. — Coitado! — foi a resposta de Paul.

— Nossa! — cara! você não existe, sabia? cada dia que convivo com você eu fico mais surpreendido — acabou de passar por uma grande cirurgia, quase morreu e ainda sente pena do cara? — Roger riu balançando a cabeça e admirando ainda mais seu amigo.

— Quando eu sair e estiver melhor, a gente vai tomar algumas providências em usar coletes e essas coisas — tá bom? — ele falou sorrindo.

— Se cuida irmão. — Tenho que sair que estão anunciando o fim da visita. Bom te ver bem — todos mandaram lembranças. — Roger falou pegando na mão do amigo e dando um pequeno aperto.

Capítulo Quatro

Wagner saiu cedo do trabalho, teria uma reunião na escola dos filhos. Cada dia que passava ele ficava mais e mais próximo deles.

— Graças a Deus sua prole não estava dando trabalho e Tadeu resolveu criar juízo. — Pensou Wagner.

Ao sair da reunião correu para o hospital para buscar seu amigo e ajudá-lo a ir para casa. Paul já estava no hospital há vinte dias. Tinha recebido muitas visitas.

— E aí amigão? — posso entrar? — falou Wagner da porta do quarto do hospital.

— Chega aí irmão — falou Paul sorrindo para o grande amigo.

— Que calor! — falou Wagner apertado a mão do amigo carinhosamente. — Pronto para ir para casa? — perguntou sorrindo.

— Estou pronto. Desculpa te incomodar cara, mas todos pareciam ter algo a fazer e não pensei em ninguém melhor — falou sorrindo levantando-se com bastante dificuldade.

— Sabe que sempre poderá contar comigo, certo?

— Claro amigo. Obrigado mesmo — falou Paul apoiando-se em Wagner e segurando a barriga.

— Calma! temos todo o tempo do mundo — falou Wagner apoiando o amigo pela cintura.

— Ai.. ai.. ainda está muito dolorido cara. — Paul parou e respirou fundo — vamos devagar, eu sei que eu consigo.

Os dois amigos ficaram em pé aguardando o maqueiro com a cadeira de rodas que levaria Paul até a porta do hospital.

— Você tem certeza de que não quer ir lá para casa, Paul? — estou te achando muito fraco e isso não é legal.

— Então me leva para a casa dos meus pais amigo. Acho que não vou aguentar mesmo ficar em casa sozinho, estou muito fraco e não consigo me mexer sem sentir dores.

— Claro! Vamos! vai dar tudo certo e você em uma semana estará novo em folha.

— Bom dia! — entrou a Dra. Mary, sorridente.

— Bom dia! — responderam os dois homens juntos.

— Como você se sente hoje, Paul? — perguntou ela olhando para ele.

— Estou bem, com um pouquinho de dor e com medo de levantar todo o meu corpo.

— Não precisa ficar com medo, coloca a coluna reta, para você não ter que tratar dela depois — ela falou sorrindo e olhando para ele.

— Vou me lembrar disso — falou bem seco. — Obrigado Dra. Mary por toda a sua assistência e dedicação.

— Você vai para sua casa? — perguntou como não quer nada, olhando para a receita que tinha em mãos.

— Não sei ainda, estou pensando — Paul respondeu secamente.

— Eu vou levá-lo à casa dos pais dele Dra. Mary — Wagner falou educadamente.

— Ok. Daqui duas semanas eu te aguardo em meu consultório, para ver esse curativo e o restante está tudo na receita. — Quero que você faça uma caminhada leve, devagar, todos os dias. Não pode ficar somente deitado, você deve andar para não dar gases. — Outra coisa, amanhã pode retirar esse curativo e na hora do banho passar o sabão. Enxugue bem e não precisa colocar nada.

— Os pontos já foram retirados e você a cada dia ficará melhor. — Qualquer coisa que precisar você pode me ligar, certo?

— E como eu faria isso se não tenho o seu celular? — perguntou Paul sarcástico.

— Eu vou te dar o meu cartão — ela falou educadamente — você pode ligar se não se sentir bem, ok?

— Obrigado! — falou Paul pegando o cartão de sua mão, sem nem mesmo olhar na cara dela. — Mulher chata — pensou ele aborrecido.

Mary olhou para os dois e não saberia dizer qual era mais lindo. Ela estava encantada com tamanha beleza de Paul e seu amigo.

O funcionário do hospital chegou com a cadeira de rodas e eles desceram para irem embora.

Já dentro do carro Wagner falou:

— O que foi aquilo irmão?

— O que? — não estou te entendendo? — falou Paul calmamente.

— O jeito que você e a médica se trataram, cara — juro que não entendi nada. Vocês estavam se estranhando? — Wagner estava falando e dirigindo, não olhou para Paul.

— Ela é minha vizinha, quer dizer, mora no mesmo edifício e nos cruzamos duas vezes. — Uma chata de galocha, só isso. — Paul deixou a entender que a conversa sobre isso havia encerrado.

Wagner não comentou nada e seguiu para a casa dos pais de Paul.

Os dias passavam lentos e mornos. Paul trabalhava Home Office sem ter condições de ir ao seu escritório. Cada dia se sentia melhor e não tinha mais dores.

Finalmente chegou o dia da consulta e Wagner se ofereceu para levá-lo ao consultório da Dra. Mary.

— Bom dia, Dra. Mary — falou Paul ao entrar, sozinho, em seu consultório.

— Bom dia, Paul. Sente-se, por favor. Como você está se sentindo? — ela perguntou do outro lado da mesa sem olhar para ele, com os olhos no computador.

— Eu estou ótimo — falou aborrecido. — Posso fazer uma pergunta?

— Claro! Estamos aqui para isso — ela falou e olhou para ele, pela primeira vez.

Parece que ele está mais lindo — ela pensou com cara de paisagem.

— A senhora costuma tratar todos os seus pacientes assim?

— Assim como, Paul? Não estou te entendendo.

— Com total desprezo e indiferença? Eu entrei aqui e você nem olhou na minha cara, pregada no computador — falou aborrecido.

— Como é que é? Nem vou te responder seu mimado. — Ela estava com muita raiva daquele convencido de uma figa.

— Ok. Posso ir embora? Estou liberado para voltar ao trabalho? Dirigir? Voltar à ativa? — ele era puro gelo.

— Calma aí rapaz! — Vamos examinar esse corte e vou pedir também alguns exames para nos certificarmos de que tudo está bem aí dentro.

— Por favor, deite naquela maca e levante sua camisa — ela falou bem séria e profissionalmente.

Paul se levantou, foi até a maca e deitou levantando a camisa até a altura do peito.

Que corpo lindo e sensual — pensou Mary. Balançou a cabeça para evitar esses pensamentos.

— Algo errado? — perguntou Paul preocupado.

— Vou apertar um pouquinho aqui e você me diz se doer, ok? — ela falou e olhou para seus olhos. Sentiu um arrepio na nuca e se controlou para não deixar transparecer. Desceu seus olhos para a boca de Paul e parou ali, desejando aquela boca linda, carnuda e sensual.

Paul observava seus olhos na boca dele e olhou pela primeira vez com mais atenção para aquela linda médica.

Sobrancelhas grossas, boca carnuda e sexy, olhos lindos. Sentiu na hora um desejo de tocá-la e fazer amor com ela.

Sua respiração ficou mais acelerada e ele teve uma ereção, o que não passou despercebido pela médica que o olhou de cara feia.

— Desculpe! — falou Paul sem graça demais, desviando os olhos.

Mary não deu resposta e passou a mão pelo peito de Paul, o que foi bem pior, porque o desejo entre eles aumentou sobremaneira.

Paul olhou para ela fascinado. *Que mulher linda!*

Mary desceu sua mão suavemente até a cicatriz e apalpou delicadamente, apertando devagar e imaginando estar com seu corpo colado ao de Paul. Fez movimentos circulares e ele foi ficando cada vez mais excitado. Ambos se olharam nos olhos e Paul sentou-se na maca de frente para Mary, que estava paralisada de desejo.

Eles se olharam profundamente, ela se aproximou lentamente dele, sempre olhando em seus olhos, seus corpos quase se atacando de tanto desejo.

Desejo de beijar, abraçar aquele corpo másculo e lindo, desejo de se esfregar no meio de suas pernas.

Permaneceram o mais imóvel possível encarando um ao outro com desejo e lascívia.

Lentamente ele pegou a mão dela e ela sentiu um arrepio percorrer sua espinha e uma dor latejante em seu útero se formou.

Ele se aproximou mais, fitando-a intensamente, e ela soube que não iria resistir. Olhou em seu rosto com adoração, cada parte dele, até se fixar em sua boca. Sem pensar em nada, ela entreabriu os lábios convidando Paul para um beijo. Ela lentamente se aproximou e encostou seus lábios nos dele, introduziu sua língua, explorando lentamente toda a sua boca, chupando carinhosamente, sem pressa. Foi um beijo intenso, sensual, molhado e cheio de luxúria. Ele a abraçou pela cintura, descendo um pouco da maca até ficar somente encostado nela. Sua mão desceu até a bunda dela, apertando seu corpo contra o dele de maneira que ela pudesse se encaixar entre suas pernas. Sentiu o membro duro e grande e encostou nele, sem pudores e sem reservas. Ficaram explorando os lábios um do outro, beijando e beijando cada vez mais. Ele arfava e gemia baixinho, ela cheia de vontade de tê-lo todo ali só para si.

Ele afastou sua boca da dela e foi para seu pescoço lambendo, mordendo e chupando, gemendo cada vez mais, alucinado pelo desejo, subiu sua boca até sua orelha e disse com voz rouca:

— Mary, você me deixa louco, cheio de desejos e pensamentos pecaminosos. Você é muito atraente! — Enquanto falava em seu ouvido, ela delirava e gemia loucamente.

Seus corpos estavam tão unidos que seria impossível passar qualquer coisa entre eles.

De repente, a razão veio com força total e ela se afastou trêmula e descabelada. Os dois estavam com a respiração pesada e descontrolada, olharam nos olhos um do outro e ela sentiu todo o seu amor por aquele homem.

— Meu Deus! — Ela disse passando as mãos pelos cabelos bagunçados e se afastando. — Desculpe, Paul! Realmente não sei o que aconteceu — ela estava sem graça, e ele não sabia o que dizer.

— Vamos nos acalmar, certo? — ele falou baixinho.

— Sim. Claro! Deus do céu! O que aconteceu aqui, jamais deveria ter ocorrido, Paul. Peço mil perdões. — Ela o encarou nervosa.

— Tudo bem, vamos dar continuidade à nossa consulta e esquecer isso — ele falava tudo de uma vez e ficou muito vermelho.

— Ok. Você pode retornar ao trabalho e não poderá pegar peso por seis meses. Qualquer dor ou febre que tiver, por favor, me procure. Aqui está a sua receita, caso sinta dores pode tomar esses medicamentos — falou sem olhar para ele. — Faça esses exames, quando se sentir melhor para ir. Não são urgentes. Somente acompanhamento.

— Muito grato! — Ele se levantou e foi até a porta, colocou a mão na maçaneta e parou. Ficou alguns segundos com a mão ali, indeciso se saía ou olhava de novo para ela. Abriu a porta e saiu.

Mary, que estava prendendo a respiração, recostou na cadeira e respirou aliviada, sentou-se e fechou seus olhos, colocou a mão na testa e começou a reviver aquele momento...

— Você está bem? — Sua secretária entrou e ela nem ouviu.

Mary levou um susto enorme e quase caiu da cadeira.

— Nossa, Darah, bata na porta! — falou aborrecida.

— Desculpa, Dra. Mary — falou a moça envergonhada.

— Tudo bem — falou impaciente — tenho mais pacientes ou esse era o último? — perguntou a Darah. — Estava cansada, suada, excitada e queria ir para casa.

— Você ainda tem mais dois pacientes, mas ambos são para mostrar exames pós-operatório. Será rápido. — Ela falou com profissionalismo.

— Pode mandar entrar.

— Sim, senhora.

— E Darah — chamou Mary.

— Sim.

— Desculpe! Estou muito cansada hoje. Quase não dormi à noite e ainda tenho três cirurgias após o almoço.

— Está tudo bem, Dra. Mary, não se preocupe — falou educadamente.

Após atender os dois pacientes, Mary se despediu da secretária e foi para casa tomar um banho. Geralmente não fazia isso. Do consultório já ia para o hospital e por lá almoçava e já passava o dia. *Mas hoje foi diferente* — ela pensou dirigindo para casa. Queria um tempo para ela, nem que fosse meia hora. Precisava pensar.

Capítulo Cinco

Paul estava de cara feia, e Wagner não disse uma palavra. Foram ambos em silêncio para a casa da mãe de Paul.

— Wagner? — falou Paul. — Vou te incomodar mais uma vez, amigo.

— Claro! Só dizer — falou o amigo sorrindo.

— Vou pegar minhas coisas e você me deixa em casa? A essa hora mamãe e papai não estão, será mais fácil de fugir — falou sorrindo também.

— Certo! Vou entrar para te ajudar.

— Ok. Muito obrigado, amigo.

— Imagina, Paul, é um prazer te ajudar.

Os dois amigos entraram na casa dos pais de Paul e já foram direto para o quarto.

Paul recolheu todas as suas coisas e chamou a funcionária para dizer que já estava indo embora e que estava tudo bem.

A moça desejou boa sorte e os dois saíram porta afora.

Paul queria ficar sozinho e pensar. Precisa pensar muito mesmo.

— Está tudo bem, irmão? — Wagner perguntou, achando Paul muito pensativo.

— Estou ótimo. A Mary disse que já posso dirigir, trabalhar, enfim… só não posso pegar peso, de resto estou bem.

— Mary, hein? — falou o amigo zombando e sorrindo.

— Ah, cara, para com isso! Nem me toquei que falei o nome antes do Dra. — Paul estava sorrindo e descontraído.

— Pelo menos você teve a decência de reparar o quanto a médica é gostosa? — Wagner falou lambendo os lábios e rindo.

— Cara! Que isso! deixa de ser tarado! — ambos riram e Paul colocou a mão na barriga sentindo pontadas.

— Tudo bem aí? — perguntou Wagner preocupado.

— Está tudo bem, sim — ele disse olhando seu amigo e sorrindo.

— Tem certeza de que não está me escondendo algo?

— Nossa, cara! você é insistente mesmo.

— Ok. Então está bom. Qualquer coisa que precisar você me liga, ok?

— Pode deixar, cara, que te ligo, sim. Muito obrigado.

Wagner ajudou Paul a levar suas coisas para casa, instalou o amigo confortavelmente em uma poltrona, deu o controle da TV para ele e foi para casa.

Assim que Wagner saiu, Paul recostou a cabeça no encosto da poltrona e fechou os olhos.

Reviveu o beijo de Mary inúmeras vezes e ficou louco de desejo por aquela mulher.

Como, em nome de Deus, eles chegaram àquele ponto? — Paul estava angustiado e queria a todo custo ligar para Mary e pedir que ela fosse à sua cobertura logo mais à noite.

Preciso dela — ele pensou incrédulo. — *Meu Deus! Preciso dela!* — ele não podia acreditar no que estava pensando ou sentindo.

Mary tomou um banho bem frio e deitou em sua cama, queria pensar por meia hora. Esse era o limite que podia ficar ali, que podia se dar ao luxo de pensar em Paul.

Meu Deus! que falta de pudor, que falta de ética a minha — pensou triste. Nunca! nunca! Em toda a sua vida de médica tinha se envolvido com qualquer paciente, sempre procurou ser profissional e não queria nem pensar na tragédia que seria se alguém descobrisse.

Ela simplesmente quase comeu o homem. Que homem gostoso, que boca, que corpo! Ai, ai, não posso pensar nele, e o pior, poderia dar de cara com ele a qualquer momento.

Fechou seus olhos e só de lembrar dele já ficou louca para beijá-lo.

Esse homem vai me levar à ruína — ela pensou levantando-se correndo. Tinha que almoçar antes das cirurgias e estava atrasada.

Mary decidiu, dirigindo-se ao centro cirúrgico, que apagaria de sua memória qualquer vestígio de Paul de sua mente.

E foi assim durante duas semanas. Nada de pensamentos pecaminosos e de orgia na cama. Nada de sexo e boca carnuda e sensual.

Um mês depois, Mary nem lembrava mais que Paul existia, e Paul retomou sua vida corrida de advogado, sem nem lembrar da Dra. Mary.

Tinha feito todos os exames, mas não quis levar para ela. Estava muito bom sem vê-la.

O dia tinha sido cansativo e Paul estava louco para tomar um banho e relaxar em casa.

Entrou no elevador apertou "cobertura", mas mal subiu o elevador e já parou no próximo andar da garagem. Ele simplesmente fechou seus olhos. Estava cansado.

— Boa noite! — Ouviu a voz da Dra. Mary, entrando no elevador com ele.

— Boa noite! — Ele respondeu olhando para o traseiro dela.

Que mulher linda! Deus dá-me forças, ele pensou.

— Paul...

Quando ela se virou, ele já estava pegando seu rosto com as duas mãos, enfiando as mãos nos seus cabelos pretos e escorridos e puxando sua cabeça ao seu encontro. Suas bocas se uniram em um beijo apaixonante e delicado, ele a beijava como se não houvesse nada além de duas almas.

Ele afastou um pouquinho e falou com voz rouca e cheia de desejo:

— Como eu te quero! Meu Deus! Você é linda demais! — continuou beijando sua boca e falando. — Você é muito gostosa! — colocou os lábios sobre os seus e beijou, sua língua procurava com ansiedade e desejo.

O corpo de Mary estava todo mole e tremendo inteiro, tinha esquecido até de respirar.

Olharam nos olhos um do outro e Mary sentiu seus olhos escurecerem de desejo.

—- Vem cá! — ele falou baixinho e embargado pela emoção. Apertou o andar da cobertura.

Ele a abraçou passando suas mãos em suas costas e gemendo. Sem resistir por mais tempo, Mary se encostou mais. A química era grande demais, estavam muito excitados e ele continuou beijando-a com paixão e desejo.

— Preciso de você. Por favor, não aguento mais segurar o meu desejo por você, pensei só nisso nesses dias todos, te desejando a cada segundo.

— Vamos, então — falou trêmula.

O tempo todo ele a olhava com seus olhos azuis.

Saíram do elevador. Esqueceram-se completamente das câmeras.

— Preciso abrir a porta, disse ele entre um beijo e outro.

Ele se afastou somente o tempo necessário para poder enfiar a chave na porta e subiram as escadas com uma urgência louca.

O quarto estava a meia luz, somente com um abajur. Eles se beijaram em pé. Ele a levantou e ela abriu as pernas, cruzando-as em sua cintura. Carregou-a até a cama, sempre com os lábios em sua boca.

Estavam ofegantes quando ele deitou em cima dela, cobrindo-a toda com seu corpo firme e másculo.

Ele parou de beijá-la, rolou para o lado e começou a tirar a camisa, aquilo era muito sexy. Seu peito era firme e másculo, sem nenhuma barriga. Na mesma hora Mary ficou mais excitada do que nunca e olhou fascinada para o corpo daquele deus grego.

Ele jogou a camisa de lado, chegou perto dela e a tomou em seus braços.

— Como você é macia, aconchegante! Estou louco por você — Paul falou já puxando a blusa de Mary para cima, retirando tudo.

— Vem cá — Mary o chamou baixinho, o abraçou e foi acariciando bem devagar sua nuca e, com a outra mão, suas costas. Ele se arrepiava todo sob as mãos dela.

Paul gemia de prazer.

Levantou seu quadril e ele a puxou para si. Acariciava suas coxas e subia e descia, beijando-a o tempo todo. Sua língua passeava devagar por cada pedacinho do seu corpo. Ela estava pronta.

Delicadamente ele foi abaixando sua calcinha e ela o ajudou, levantando uma perna e depois a outra. Depois subiu sua mão e desabotoou o feixe do seu sutiã, jogando-o para longe.

Estavam agora os dois nus e completamente expostos um ao outro.

Ele gemia e ela também.

Ele esticou a mão e pegou na mesa de cabeceira uma camisinha. Colocou rápido e com experiência, e ela se abriu mais para ele e o envolveu com suas pernas. Ele a penetrou fundo e parou, olhou para ela e disse com a voz rouca e baixa:

— Olhe para mim querida, em meus olhos… Quero ver você dizendo meu nome. — Mary repetiu o nome dele até estarem totalmente saciados.

Foi excepcional… lindo!

Exaustos de paixão e desejo, eles rolaram na cama e ele retirou a camisinha usada, depositando-a no cesto ao lado da cama.

Sem pensar duas vezes, ele a tomou nos braços e a trouxe para pertinho dele, envolvendo sua cintura, beijando e aspirando o perfume do cabelo dela. Ela estava sonolenta e ele também. Ficaram deitados em conchinha, quietos e perdidos em seus pensamentos.

Nada falaram um ao outro e foi simplesmente maravilhoso.

De repente ele falou baixinho:

— Você é linda e tudo o que eu imaginei….

Ela respirou fundo e disse baixinho:

— Amei cada segundo… O seu carinho e cuidado.

—— Querida, não poderia ser diferente, eu sonhei com isso, fantasiei cada segundo disso.

Ela ficou comovida, se abrigou ainda mais em seus braços e pensou em como seria fácil ficar perdidamente apaixonada por aquele homem carinhoso. Era tudo o que uma mulher queria e poderia desejar: um amor para toda a vida.

Capítulo Seis

Mary acordou assustada e olhou para o lado. Viu Paul dormindo muito sereno. Olhou para ele e sentiu que precisava se afastar daquele homem antes que pudesse sofrer. Ele era muito envolvente, e a paixão entre eles era como fogo.

Todas as vezes que se encontravam, eles já queriam se atacar. Isso era perigoso, e Mary não queria complicações em sua vida. Estava muito bom como estava e não tinha tempo para isso.

Levantou devagar e pegou suas roupas espalhadas pelo lindo quarto, e foi trocá-las no banheiro. Sairia dali o mais rápido possível.

Não gostaria de enfrentar o olhar de Paul e tinha medo de ter outra recaída e deixar se levar pelo desejo e paixão.

Encostou a porta e pegou o elevador para seu andar. Já eram 23:00 e ela precisava de um banho, comida e cama.

Tomou um banho morno e relaxante, esquentou a comida no microondas e comeu no colo, em sua sacada, olhando para a lua. Amanhã seria um novo dia.

Escovou os dentes e deitou. Mal recostou sua cabeça no travesseiro, já dormiu profundamente.

Paul acordou e constatou que já eram 2:00 da manhã e que estava completamente sozinho.

Ela foi embora para o apartamento dela — deduziu Paul.

Resolveu levantar e tomar um banho rápido. Precisava conversar com Mary sobre essa atração louca que existia entre os dois.

Nunca conversaram nada, só fizeram sexo. Isso não era normal — ponderou Paul.

Depois do banho foi até a enorme sacada e sentou-se em uma moderna cadeira de balanço. Ficou ali muito tempo refletindo e ainda sentindo toda energia em seu corpo.

Amanhã falarei com ela — ele pensou resoluto.

Foi para cama e demorou a dormir.

Mary chegou ao hospital pontualmente às 6:00 da manhã. Precisava fazer as visitas aos seus pacientes antes de ir para seu consultório.

Dormiu muito pouco, acordou várias vezes de madrugada e sempre pensando em Paul. Teria que dar um grande basta naquilo, pelo bem dos dois.

Às 7:45 já estava preparada para deixar o hospital e ir para seu consultório, quando veio sua assistente correndo em sua direção.

— Dra. Mary — chamou Patty.

— Sim? Algum problema com um dos meus pacientes? — perguntou preocupada.

— Não, Dra., está tudo bem. O Dr. Moisés quer vê-la. Ele a aguarda em seu consultório — falou ela educadamente.

Mary agradeceu e se dirigiu ao consultório do diretor do hospital e dono majoritário.

Toc.. Toc.. Toc..

— Entre — respondeu o médico tirando os óculos de leitura.

— Bom dia! — cumprimentou Mary educadamente.

— Bom dia, querida! — respondeu o médico mais velho que Mary, pelo menos trinta anos.

— Você queria me ver, Moisés? — falou meigamente.

— Sim. Preciso de um grande favor e espero que você possa me ajudar.

— Claro! Há algo errado? — sua voz demonstrou preocupação.

— Mary, preciso de você em Nova York ainda hoje — falou ele encarando-a.

— Mas... o que houve?

— A Sissy foi a Nova York fazer suas compras e passear, mas caiu ao escorregar em uma rampa e foi levada ao Hospital Mount Sinai. Como estava sentindo muitas dores do lado direito — continuou ele — foi feita uma ressonância magnética e constatado um tumor do tamanho de uma laranja em seu fígado.

— Meu Deus! — Mary estava consternada.

— Os médicos querem operar hoje mesmo, e preciso de alguém de minha confiança lá para ajudar na cirurgia e estar ao lado dela. Eu mesmo iria, mas você sabe como está o hospital aqui. Não posso sair agora.

Sissy era a esposa de Moisés há quarenta anos e o amor dos dois era a coisa mais linda que Mary já tinha visto no mundo. Ela considerava os dois como se fossem seus pais, e Mary jamais poderia recusar um pedido como aquele.

— Quando você quer que eu vá? — perguntou Mary a ele.

— Agora, querida — ele falou apreensivo.

— Ok. Vou pedir a um colega para assumir toda a minha agenda. Irei no seu avião particular? — ela perguntou e já estava levantando para sair.

— Sim. Ele estará pronto em duas horas. Assim, dará tempo de você fazer sua mala e tomar outras providências.

— Dará tudo certo, Moisés — Mary rodeou a mesa e deu um abraço carinhoso nele.

— Sim... — ele falou com voz embargada. — Mary? — ele a chamou emocionado — cuide de minha Sissy, por favor — e começou a chorar.

Mary não se conteve e encheu os olhos d'água.

— Claro! Não se preocupe, ficarei o tempo que for necessário.

Mary saiu correndo do consultório e de dentro do carro tomou todas as providências necessárias para sua partida para Nova York.

Deixou instruções com seus dois colegas que iriam substituí-la em cirurgias, visitas hospitalares e consultório. Tudo foi resolvido para que nada pudesse sair errado e ela pudesse estar em Nova York sem preocupações em ter que voltar.

Estacionou o carro na garagem e chamou o elevador ao mesmo tempo que ligava para sua mãe e avisava da viagem inesperada. Pediu à mãe para falar com a faxineira para não fazer comida, porque não estaria em casa.

Depois de tudo acertado, arrumou sua mala, tirou a roupa do hospital, tomou outro banho correndo e foi para o aeroporto de táxi. Não queria perder tempo procurando vaga para estacionar o seu próprio carro.

Chegou ao aeroporto dez minutos antes do prazo de duas horas. Identificou-se e entrou. Vinte minutos depois já estava sentada confortavelmente no avião particular do Dr. Moisés.

A comissária de bordo perguntou se gostaria de alguma coisa e ela disse que não.

A previsão do tempo em Nova York era de frio, e ela estava preparada para isso.

O voo foi tranquilo e Mary pôde pensar em Paul. Ela decidiu que não iria ligar para ele para informar de sua viagem.

— Não devo satisfações a ele — pensou tranquilamente.

Chegou a Nova York e já sentiu a força daquela cidade. Imponente e grandiosa.

Agradeceu aos integrantes da tripulação, pegou um táxi e correu para o hotel que sua secretária já havia reservado.

Trocou de roupa e foi para o hospital. Nem se lembrou de que precisava comer.

A cirurgia estava marcada para dali a duas horas, pois todos os centros cirúrgicos do hospital estavam ocupados.

Mary conversou longamente com os dois cirurgiões, viu e reviu os exames feitos e ficou realmente preocupada.

O tumor era grande e seria uma cirurgia difícil e perigosa. Saiu da reunião com os médicos e foi ao restaurante do grande hospital, comeria alguma coisa e ligaria para Moisés.

Enquanto aguardava sua comida, ficou refletindo sobre a vida e o quanto ela era curta e passava rápido demais.

Seu telefone tocou e ela atendeu.

— Alô?

— Sou eu, Mary, Moisés! — falou o médico ansioso.

— Já vi Sissy e ela está bem, faremos a cirurgia daqui a duas horas. Não se preocupe Moisés, eu estarei o tempo todo com ela.

— Obrigado, Mary! — falou emocionado.

— Não há de quê. Ficarei em contato com você. Assim que terminar a cirurgia eu te ligo, certo? — falou ela dando um adeus rápido.

Sua comida tinha chegado.

Quando comeu a primeira garfada, seu telefone tocou novamente, e como era um número desconhecido, ela resolveu não atender. Estava com fome e não iria resolver nada por telefone com ninguém. Todas as instruções sobre pacientes e cirurgias estavam com sua secretária e nada poderia ser feito de longe.

Resolveu desligar o celular para poder comer sossegada.

Paul insistiu mais três vezes no celular de Mary e todas as vezes caiu na caixa postal.

Deixarei para falar com ela pessoalmente — ele pensou, desligando o celular. Irei ao seu apartamento hoje — decidiu.

Mary foi para o centro cirúrgico assim que foi chamada. Colocou suas coisas e roupas em um armário com chave e trocou de roupa.

O centro cirúrgico era muito moderno e com muitos aparelhos novos e recentes.

Os dois colegas chegaram e ficaram os três conversando quanto à intervenção que iriam fazer. Todos deram seus pareceres do que achavam e chegaram a um consenso comum.

Sissy chegou calma e sonolenta. Eles já haviam administrado um calmante para ela ficar bem relaxada.

— Vai ficar tudo bem, minha querida. — Ela pegou na mão de Sissy e deu um sorriso meigo.

— Obrigada, Mary, por estar aqui comigo — falou sonolenta.

O anestesista veio e eles começaram a cirurgia que durou sete horas.

Foi mais difícil do que esperavam, e Sissy iria ficar com um dreno por pelo menos duas semanas. Não poderia ir tão cedo para casa.

Começaria a quimioterapia logo e dariam continuidade em sua cidade. Estavam esperançosos e com ótimas expectativas de melhoras.

Mary foi ao hotel rapidamente, tomou um banho e voltou para o hospital. Passaria a noite com Sissy. Conversou por mais de uma hora com Moisés, e quando Sissy foi para o quarto da semi UTI, Mary tirou uma foto dela, ainda sonolenta para mostrar a ele. Ele chorou e Mary também. Ela prometeu colocá-la no FaceTime assim que ela acordasse, não importava a hora. Mas ambos sabiam que Sissy dormiria a noite toda.

A enfermeira garantiu que ela poderia dormir sossegada, que entraria no quarto de quarenta em quarenta minutos. Mary agradeceu muito e louvou a Deus por mandar anjos em sua vida. Estava alerta desde as 6:00 da manhã. Não estava aguentando de tão cansada. A cirurgia tinha demorado muito e ela estava exausta.

Mary se acomodou no sofá cama e pegou no sono, não conferiu nenhuma mensagem em seu celular.

Tanto Mary quanto Sissy passaram uma boa noite. Todos os remédios foram ministrados para que Sissy não sentisse nenhuma dor e assim foi.

No outro dia ela estava bem e com o rosto mais corado, o que era um verdadeiro milagre.

Capítulo Sete

Wagner sentia-se solitário e frustrado. Não tinha pique para sair e ir a boates e bares para ter uma companheira. Não gostava de sites de namoro e não sabia mais namorar.

Após tantos anos de casado e vivendo acomodado e feliz, ele realmente estava em uma roubada — pensou sorrindo.

Resolveu ligar para a colega e amiga de Paul.

— Alô? — atendeu uma voz jovial.

— Debby? — perguntou ele meio sem jeito.

— Sim. Quem é?

— Aqui é o Wagner, amigo do Paul. Você se lembra de mim? — ele perguntou e na mesma hora se odiou por ter ligado.

— Oi! Como você está? Nossa! Há muito tempo que não nos vemos, hein? — ela falou sorrindo e super simpática.

— Pois é. — Ele disse sem graça e encabulado.

— Está tudo bem, Wagner? — ela pareceu preocupada.

— Está tudo bem. Escuta, Debby, — Wagner tossiu nervoso — desculpe estar te ligando… — ele gaguejou um pouco — eu ia te chamar para tomar um drink ou jantar fora. O que você acha? — ele falou e prendeu a respiração.

— Eu acho uma ótima ideia. Estou precisando mesmo dar uma espairecida. Que dia você estava pensando?

— O dia que você puder.

— Deixa eu ver aqui. Posso hoje, amanhã e sexta-feira.

— Que tal hoje? Posso te buscar em casa, assim iremos em um só carro. — Ele falou depressa.

— Ótimo! combinado. Eu te passo o endereço e localização pelo WhatsApp, pode ser?

— Sim.

— Ok, então. Beijo e até mais tarde.

— Beijo.

— Ah! Já ia esquecendo — falou sorrindo. — Que horas?

— Fica bom para você às 20:00?

— Ótimo. Wagner, que tal jantarmos?

— Acho muito bom. Tem preferência de restaurante? — ele perguntou educado.

— Não, querido. Tudo para mim está bom. Eu amo comida — ela deu uma gargalhada e ele também.

Despediram-se e Wagner relaxou. Estava apreensivo e nervoso, mas ela era muito divertida e simpática.

Às 20:00 em ponto Wagner tocou o interfone de Debby.

— Já estou descendo — ela respondeu ofegante.

— Ok — respondeu Wagner alegre.

Debby estava linda.

— Você está linda! — falou Wagner ao dar um beijo em sua bochecha.

— Oi! — respondeu retribuindo o beijo e sorrindo.

— Onde você quer ir? — perguntou Wagner educadamente.

— Meu querido, eu amo comida, então, que tal um lugar aconchegante e que não tenha muito barulho...pode ser?

— Ótimo! Tenho o lugar perfeito para nós.

Os dois saíram sorrindo e alegres.

Wagner e Debby eram divertidos e estavam amando se conhecerem melhor.

Os dias passaram voando e se transformaram em meses.

Já estavam saindo há dois meses e os dois se davam bem e riam das bobeiras um do outro.

Debby era meiga, inteligente, linda, divertida e muito competente.

— Estando com você eu não preciso amolar Paul — Wagner falou mordendo o seu sanduíche e rindo.

Debby riu e deu um murro de brincadeira em seu braço forte e musculoso.

Era a primeira vez que Wagner saía com alguém depois da morte de sua mulher. Mas a vida continuava e ele sentia falta de alguém em sua vida. Já conhecia Debby de encontros em que ele e Paul frequentavam juntos, e uma coisa levou à outra e eles estavam amando aquele envolvimento gostoso e sem muita pressão.

As coisas entre os dois eram leves e suaves.

— Debby, que tal a gente marcar um almoço lá em casa? As crianças querem te conhecer — falou sorrindo.

Ele estava cansado de ter que encontrá-la somente em lugares públicos ou na casa dela, como agora.

— Não sei, Wagner, você acha que eles irão me aceitar numa boa? — ela perguntou apreensiva.

— Claro, meu amor! Quem não gostar de você é louco. Mas amar você somente eu posso — ele falou parando o que estava fazendo e olhando para ela intensamente.

— Ah! Meu amor! Que lindo! Você é um homem muito lindo mesmo.

— Eu sei — ele falou sorrindo.

— Você é muito convencido, né?

— Vem cá, meu amor — Wagner chamou abrindo os braços para ela.

— Sim. — Ela se aconchegou naquele homem alto e másculo e amou ser abraçada por aqueles braços que transmitiam segurança e confiança.

— Debby, eu sei que para você é difícil ter que começar uma vida já com um pacote completo — ele sorriu sem jeito. — Mas eu nunca pensei que conseguiria amar novamente.

Debby olhou carinhosamente para ele e deu um beijo em sua boca. Foi um beijo molhado, e sensual e ela queria muito fazê-lo feliz.

— Wagner, eu amo você! E se eu tiver que começar minha vida com um exército inteiro, — os dois riram alto — então, eu acho que quero, sim, um almoço.

— Oh! Meu amor! Você me fez o homem mais feliz do mundo e para provar isso eu vou te amar como nunca.

Wagner suspendeu Debby e a levou até o quarto, deitando-a na cama. Os dois tinham uma química enorme e amaram-se como nunca. Wagner amou Debby com a alma, seus corpos se uniram como se fossem somente um, e Debby soube que Wagner a amaria para sempre.

— Reunião familiar, gente — Wagner chamou as crianças que estavam, todas, na sala jogando videogame.

Ninguém prestou atenção. Estavam todos no meio de uma competição e era a última fase.

Wagner chegou na sala e disse:

— Vocês ouviram? — falou mais alto um pouco.

— Só um momento, pai, estamos acabando aqui, já vamos.

Wagner voltou para a cozinha e continuou fazendo o jantar — *melhor momento para conversarem* — pensou. Todos ficam descontraídos e seria o ideal para falar de Debby.

Ele estava apreensivo de os filhos aceitarem ou não o seu namoro. Amava Debby e a queria como sua esposa.

— Ganhei! Ganhei! — gritou Tadeu.

As crianças riram e era o melhor som que Wagner poderia ouvir. Depois de todo sofrimento, os risos e brincadeiras voltaram.

— Fala, pai — Cintia falou.

— Vamos sentar para jantar e a gente conversa — falou um nervoso Wagner.

Quando todos já estavam comendo e falando ao mesmo tempo, Wagner disse:

— Estou namorando e queria saber de vocês o que acham de conhecer o meu novo amor.

— Você o quê, pai? — Tadeu perguntou sorrindo.

— Quero que vocês saibam que, jamais, ninguém irá substituir a mamãe de vocês.

Todos ficaram olhando para ele sem dizer nada e Wagner foi ficando cada vez mais nervoso.

— Então... — ele raspou a garganta por duas vezes — eu pensei em chamá-la para vir almoçar domingo aqui e apresentá-la a vocês. Tudo bem?

Os filhos não disseram nada, olhando sério para ele.

Wagner se remexeu na cadeira, estava desconfortável com os olhares dos filhos e o silêncio era total.

— Gente, fala alguma coisa — o pai suava e tremia.

— PARABÉNS, PAI! — gritaram os três batendo palmas. Eles riram e levantaram para abraçar o pai que chorava feito bebê.

— Pai…— disse a filha mais nova, Ana. — finalmente! — todos riram e deram beijos na cabeça do pai, passando a mão e bagunçando o cabelo de Wagner.

Ele respirou aliviado e abraçou seus filhos. *Obrigado, Deus!* — fez a prece mentalmente.

Naquele dia Wagner foi deitar agradecendo ao universo por tudo.

Tadeu tinha realmente cumprido a promessa feita na delegacia. Nunca mais tinha se envolvido em brigas, estava dedicando-se aos estudos e queria fazer um estágio em uma das empresas de Wagner. Ele queria começar a trabalhar cedo.

Wagner estava orgulhoso e feliz pelo filho.

O grande dia chegou e ele chamou Paul para ir também.

Estava todo sem jeito ao apresentar Debby.

— Esta é a minha namorada, Debby — falou Wagner apreensivo para seus três filhos que sorriam do seu nervoso.

— Oi, Debby — os três falaram sorrindo e olhando para aquela linda mulher.

— Oi…. — falou sorrindo também e um pouco sem jeito na frente das crianças.

—Venha conhecer a casa, Debby — falou Cintia, a filha do meio, e pegou na mão de Debby. Tadeu foi conversar com Paul, e Ana foi atrás de Debby.

— Dá licença, tio Paul, eu vou jogar videogame. Papai, se precisar de ajuda no churrasco, é só chamar — falou Tadeu, tranquilo e sereno.

— E aí, cara? Está tranquilo? — perguntou Paul colocando a mão no ombro de Wagner.

— Estava tão nervoso — falou sorrindo e já colocando o avental de churrasqueiro.

— A Debby é maravilhosa, Wagner, vai dar tudo certo. — Paul disse calmo.

— Você parece desanimado. Se precisar conversar, a gente pode tomar uma cerveja mais tarde — Wagner se ofereceu, achando o amigo meio para baixo.

— Está tudo bem, apenas cansado. — Deu um sorriso fraco.

Paul se afastou do amigo e sentou-se em uma cadeira de balanço de frente para a piscina. O clima estava ótimo e ele pensou em Mary.

Duas semanas que não sabia notícias dela, desde aquela noite selvagem deles. Há duas semanas que ela não atendia o celular, não atendia campainha e a única notícia que deram no hospital foi que ela estava em viagem. — *"Não posso informar onde ela está"* — falou a secretária pela terceira vez que Paul ligou.

A sensação que ele tinha era a de que Mary havia desaparecido de propósito para não enfrentá-lo.

Capítulo Oito

Cada dia que passava, Sissy ficava mais forte e melhor. Moisés já tinha ido visitar a esposa duas vezes e a queria em casa. Depois de debater muito com os médicos e Mary prometer que estaria presente sempre, os médicos liberaram Sissy e elas poderiam voltar para casa.

A quimioterapia estava fazendo efeito e os médicos estavam impressionados com a força e vontade de viver daquela senhora de cinquenta e seis anos.

O amor de Sissy pela vida era uma coisa que surpreendia a todos, inclusive Mary.

— Feliz em voltar para casa, querida? — perguntou Mary delicadamente.

— Muito feliz e grata a todos vocês, principalmente a você, querida Mary — ela falou segurando as mãos de Mary e enchendo os olhos d'água.

— A mim você não precisa agradecer, faço de coração. Você sabe o quanto amo vocês, certo?

— Sim, querida. Você é uma verdadeira filha. A filha que eu e Moisés não tivemos. Obrigada!

— Eu que sou grata, Sissy, por tê-los em minha vida e ver a sua força de vontade em viver. Estou aprendendo muito com você. Seu esforço é surpreendente — Mary falou emocionada.

— Querida Mary, vejo que você nunca amou, estou certa? — perguntou levantando uma sobrancelha para Mary.

— Você se refere ao amor entre um homem e uma mulher? Acho que não, Sissy — Mary respondeu sorrindo.

— Sim. Sim. Esse amor mesmo. — Ela respondeu.

— Esse amor eu realmente não conheço e até, vou te confessar — falou ela olhando nos olhos de Sissy — eu acho que tenho medo — riu timidamente.

— Mary, não tenha medo de amar e se dedicar a esse amor. O amor é lindo e pode dar certo. Eu realmente não luto por mim querida, eu luto por Moisés. — Falou ela segurando a mão de Mary com carinho.

— Como assim?

— Como eu poderia partir e deixar meu Moisés aqui? Jamais! Ele não sobreviveria nem um mês sem mim. Isso, Mary, é o amor! Você pensar no outro, antes mesmo de você. Pode até ser muita pretensão minha, mas conheço o meu Moisés...

— Sim, Sissy, ele a ama demais mesmo. — Falou Mary pensativa.

— Conheci um rapaz, Sissy, mas não sei se é amor.

— Mesmo? Me conte tudo — falou Sissy se endireitando na cadeira e pronta para ouvir sua doce Mary.

— Não há nada de mais. Apenas temos um fogo avassalador. Não conseguimos tirar as mãos um do outro e eu estou achando tudo isso muito estranho e novo.

— Você o ama? — perguntou Sissy olhando nos olhos de Mary.

— Acho que sim, mas e se ele somente quiser sexo casual? Não quero ser mais uma em sua cama — ela abaixou a cabeça triste.

— Acho que você terá que descobrir o que realmente vocês dois querem. É muito importante que tenham uma química boa na cama.

Antes que Mary pudesse responder o telefone do hotel anuncia o carro que iria deixá-las no aeroporto.

— Já estamos descendo — respondeu Mary ao recepcionista.

— Vamos? — chamou carinhosamente, pegando a bagagem das duas e colocando no carrinho do hotel.

Mary ajudou Sissy e elas foram rumo ao seu destino.

Paul mais uma vez foi ao apartamento de Mary e tocou insistentemente a campainha. *Isso está muito estranho* — pensou aborrecido.

Hoje era dia de sopão e ele não se deixaria abater. Pediu ao seu assistente para comprar um colete a prova de balas e iria participar sim.

— Tem certeza de que quer participar, cara? — perguntou Roger preocupado.

— Claro! Está tranquilo. Vamos? — ele falou animado e feliz por estar na ativa de novo.

O espaço onde os moradores de rua ficavam estava muito cheio e todos eles estavam com receio de a comida não dar e mais uma vez virar confusão.

Graças ao pai de Paul, que era da Polícia Federal e tinha amigos nas outras forças policiais, foram designados para aquele espaço alguns policiais para fazer a segurança do local. Qualquer ato suspeito, a polícia agiria. Correu tudo bem e todos estavam alimentados e felizes.

Paul chegou por volta das 21:30 em sua casa. Tomou um banho e sentou-se para tomar um vinho na sacada. A lua estava cheia e enorme, e ele a contemplou por longos e belos minutos.

De repente, ele ouviu a campainha tocar e ficou pensando se seria Wagner, única pessoa que entrava em seu prédio sem ser anunciado.

Estava somente de cueca boxer e não se importou em atender a porta daquele jeito. Estava calor e seu amigo não se importaria.

Abriu a porta e levou o maior susto. Com um vestidinho azul, curto e bem soltinho, estava nada mais nada menos do que a Dra. Mary.

— Olá — ela falou sem jeito, olhando-o de cima a baixo. — Estou atrapalhando? Desculpe por vir sem avisar. Cheguei hoje de Nova York.

— Oi... — falou um Paul boquiaberto.

— E então...? Posso entrar ou vamos ficar na porta conversando? — ela falou com um meio sorriso.

— Sim. Claro! Entre. Vou somente colocar uma bermuda. Fique à vontade — ele falou e já foi subindo as escadas, deixando que ela mesma fechasse a porta.

Ela estava linda. *Meu Deus, peço forças diante dessa tentação* — rezou Paul, não muito confiante.

Colocou uma bermuda justa, o que o deixava mais sexy ainda, e desceu as escadas descalço.

Mary estava na sacada admirando a vista e olhando para a lua à sua frente. *Maravilhosa e bela* — pensou suspirando.

— Linda, né? A lua — ele falou atrás dela.

— Sim... — ela falou baixinho.

Ela se virou e ele estava de frente para ela agora. Muito juntos.

— Hum hum... — ela raspou a garganta e perguntou se poderia se sentar.

— Vou pegar uma taça de vinho, você aceita? Eu estava tomando — disse ele apontando para a mesinha charmosa ao lado da cadeira de balanço.

— Aceito, sim. Obrigada! — ela falou meigamente.

Ele correu na sala e pegou a garrafa de vinho e a taça. Encheu pela metade e ofereceu a ela. Seus dedos se tocaram, e ela arrepiou de desejo.

— Paul... precisamos conversar — falou baixinho e tomou um gole de vinho.

— Eu também acho — ele falou tomando seu vinho.

— Você sumiu do mapa. Costuma fazer isso e deixar seus pacientes sem nenhuma assistência? — perguntou irônico.

— Que eu saiba, eu não deixei ninguém sem assistência. Havia três médicos me substituindo Você precisou de mim? — perguntou. Não iria admitir que aquele mimado falasse assim com ela de jeito nenhum.

— Se eu precisei de você? — pensou Paul encarando-a — eu fiquei LOUCO atrás de você, era a vontade dele de gritar.

— Não precisei, não — respondeu tomando outro gole do vinho e enchendo novamente a taça dos dois.

— Pretende me embebedar? — perguntou ela olhando para ele de cara feia.

— Você vai baixar a guarda ou não? Impossível conversar assim. — ele falou aborrecido.

— É. Realmente fiz besteira em vir aqui — levantou de supetão, virou para ele e disse: — Fui.

Antes que ela cruzasse a sacada para a sala ele pegou delicadamente em seu braço e falou baixinho:

— Desculpe, Mary, podemos recomeçar? — falou soltando o braço dela com medo de não resistir àquela pele linda e sedosa.

— Tudo bem — ela falou olhando em seus olhos.

— Prefere sentar-se aqui na sacada ou na sala? — ele perguntou educadamente.

— Onde você prefere? — ela falou sorrindo.

Como ela é linda! — ele pensou olhando sua boca e descendo os olhos para o pequeno decote de seus seios.

— Prefiro a sacada — eu estava aqui quando você chegou.

— Você tem queijo? — perguntou ela. — Amo queijo com vinho.

— Não tenho. Desculpe — falou sem jeito.

— Eu tenho. Que tal pegar essa garrafa e irmos conversar em meu apartamento? Eu tenho queijo e você o vinho. Combinação perfeita.

— Podemos, sim. Só um instante que vou colocar uma camiseta.

— Por favor, não coloque nada justo demais, já basta essa bermuda — ela riu com a boca e os olhos, e Paul nunca a tinha visto tão linda e relaxada.

— Pode deixar — ele falou sorrindo e subindo as escadas correndo.

Colocou a primeira camiseta que viu na sua frente e calçou um chinelo confortável.

Ela estava no mesmo lugar admirando a lua. Ele não fez barulho e ficou admirando suas costas, o cabelo liso, bem preto, solto e que traseiro! Era a perdição mesmo.

— Vamos? — chamou como quem tinha acabado de chegar.

Ela se virou sorrindo e eles foram para a casa dela.

Entraram no elevador e sorriram um para o outro. Estavam se lembrando da última vez.

— Sabia que aqui há câmeras? — ela falou olhando muito vermelha para a câmera. — Nós nos esquecemos dela — falou sorrindo para ele.

— É verdade. O porteiro deve ter apreciado o nosso show — ambos riram e saíram.

Mary abriu a porta com facilidade, pois havia mandado trocar tudo. Não gostava de nada estragado.

— Fique à vontade — falou abrindo a porta para ele — vou buscar o queijo na cozinha.

— Eu te acompanho — ele falou com a garrafa na mão.

— Por aqui então — ela falou alegre.

— Por favor, poderia pegar as taças? Estão ali no armário do canto. Vou abrir o queijo.

Com rapidez e grande maestria, ela abriu o queijo, partiu e o colocou na tábua.

— Prefere na sacada ou na sala? — perguntou com a tábua na mão.

— Onde você prefere? — ele perguntou sorrindo.

— Podemos ficar na sacada. Tenho um sofá onde podemos sentar, conversar e tomar esse maravilhoso vinho acompanhado desse delicioso queijo.

Instalaram-se confortavelmente no sofá e comeram o delicioso queijo suíço.

— Maravilhoso, Mary! — Ele disse comendo. — De repente, percebi que estava com fome — ele disse.

— Uma delícia mesmo. Atendi há alguns anos um paciente da Suíça que estava passeando aqui e ele ficou tão grato que de vez em quando me manda queijo. Eu amo!

— Por que você sumiu? — ele perguntou repentinamente.

— Quem disse que eu sumi? Eu fui para Nova York e deixei três colegas aqui para me substituir.

— O que era tão importante que você não podia se despedir? — ele estava com ciúmes dela.

— Não sabia que precisava me despedir e dar satisfação da minha vida a você, Paul — ela foi bem firme, porém educada e delicada.

— Desculpe! Realmente não precisa mesmo.

— Mesmo assim eu vou te contar, não porque eu te deva qualquer explicação, mas porque quero — ela deixou bem claro.

— Não há necessidade de explicar, não tenho nada com isso — ele falou firme.

— Paul, ouça, por favor, estamos aqui para conversar e não para brigar, certo?

Eu estou aqui para te AMAR — ele queria gritar.

— Ok. Certíssimo — falou tomando mais vinho.

— Eu fui a Nova York porque uma grande amiga estava passeando por lá, caiu, se machucou e, ao dar entrada no hospital, descobriram um grande tumor em seu fígado. Fui ajudar na cirurgia e fiquei todo esse tempo com ela. — Mary falou baixo e meigamente e Paul a amou mais ainda.

— Sinto muito, Mary, — ele falou educadamente — pensei que você estivesse fugindo de mim, depois do que houve entre nós.

— Quero que você saiba de uma coisa sobre mim, Paul. Eu jamais fujo de qualquer coisa que seja.

Ela se levantou e foi para a beirada da sacada e colocou os dois cotovelos na marquise.

Ele se levantou e ficou atrás dela, louco para beijá-la. Aproximou-se mais um pouquinho dela e cheirou seus cabelos. Ela o sentiu por trás e encostou-se em seu peito. Sem resistir por mais tempo, Paul abraçou a cintura dela trazendo-a para bem perto de si e começou a beijar e cheirar seu pescoço. A sensação era maravilhosa de estar de costas para ele e sendo abraçada assim. Ela era tão magrinha e linda que ele a abraçou com os dois braços e beijou sua cabeça e seu pescoço, beijando e chupando delicadamente para não deixar marcas.

Eles já estavam excitadíssimos e Paul desceu as duas mãos, passando-as nas coxas dela para cima e para baixo, suspendendo o vestido e passando as mãos em suas pernas, provocando-a.

Ela virou para abraçar seu pescoço. Antes disso, deixou as alças do pequeno vestido soltarem e ficou apenas com uma calcinha minúscula e os seios nus.

— Você quer me levar à loucura, Mary? — ele perguntou cheio de desejo, beijando e sugando sua boca, passando as mãos em seus seios firmes e volumosos.

A bermuda dele estava a ponto de estourar e Mary a desceu para ele ficar completamente sem nada por baixo. Impaciente, Paul tirou a camisa e o relógio e jogou-os de lado, não se importando com mais nada.

Mary era linda, gostosa e sexy, e Paul sabia que não conseguiria ficar longe dela, estava perdidamente apaixonado — pensou sugando a boca dela com paixão e ardor.

Fizeram amor ali mesmo no grande sofá da sacada, e como Paul não estava de camisinha, foi a maior delícia do mundo.

Sentir Mary daquela maneira foi a melhor sensação, e ele a abraçou e beijou vezes sem fim, mesmo depois de terem se saciado completamente. Ele simplesmente não conseguia tirar seus lábios de Mary e começou a beijar tudo de novo até fazerem amor por mais uma vez.

Paul estava exausto e satisfeito como nunca. Mary era o seu grande amor.

Capítulo Nove

Mary sentiu que precisava dar um grande basta naquilo tudo. Não era possível que todas as vezes que estavam perto um do outro, eles acabavam na cama.

Ela se mexeu para levantar e Paul a segurou pela cintura.

— Fique aqui — ele disse carinhoso beijando a cabeça dela e cheirando o seu cabelo. Passou o queixo na cabeça dela e disse meio sonolento.

— Você é tão doce — sorriu com os olhos fechados.

— Paul, precisamos conversar. Isso não está certo. Todas as vezes que nos encontramos acaba assim, tudo em sexo. — Ela falou séria.

Paul soltou Mary na hora e sentou-se no grande sofá.

— Você acha que isso é só sexo? Para você o que temos é só sexo? Desculpe, querida! Acho que já ouvi o bastante de você. — Falou secamente.

Sem dar maiores explicações, ele pegou suas roupas e as vestiu rapidamente.

— Espera, Paul, vamos conversar — ela insistiu colocando o vestido rápido.

— Acho que você já disse tudo. Passar bem.

Saiu de cara feia e nem olhou para trás. Com a pressa de ir embora, esqueceu seu chinelo e seu relógio na casa de Mary. Deu de ombros e nem ligou, tinha mais relógios e chinelos em casa. Não queria mais olhar na cara de Mary, ela era desprovida de sentimentos e ele não admitiria que ela zombasse de seus sentimentos.

Ele a amava, pensou aborrecido. *Como fui cair nessa?* — pensou atordoado e infeliz.

Mary estava desiludida e chateada, olhou para os chinelos e relógio de Paul em cima da mesinha ao lado do sofá e começou a chorar.

Como sempre, eu estrago todos os meus relacionamentos — pensou tristemente.

Ela amava Paul e não soube abordar o assunto com sabedoria e delicadeza. *Claro! que não era somente sexo!* — pensou infeliz.

Mas não era verdade? Que dia que eles conversaram sem se atacarem e fazerem sexo? — pensou chorando.

Mary não gostava desse sentimento de perda e muito menos de estar chorando.

Resolveu que trataria Paul com indiferença e que iria procurar namorar alguém. Dizem que um amor cura o outro.

Levantou-se do sofá e foi tomar banho. Amanhã seria outro dia e ela não queria mais saber de Paul em sua vida.

Daria uma chance a Robson, seu colega médico, e quem sabe esqueceria Paul. Robson sempre a amou e deixava isso bem claro.

Paul resolveu tocar sua vida e estava cada dia mais ocupado. Seus pensamentos só se intensificavam à noite, quando chegava em casa.

Sentia falta dela e a amava mais que tudo, mas não a procuraria e estava decidido a esquecê-la.

Há sete meses que eles tiveram o último encontro e se amaram tão intensamente. Paul morria de desejos e pensava nela todos os dias. Mas ele era determinado, decidido e não queria saber dela.

Ela, por sua vez, também não o procurou e estava trabalhando mais que tudo, pegando um plantão atrás do outro, para não ter que o encontrar ou pensar nele.

Mas quando estava em casa ou mesmo no hospital, quando tinha um minuto para pensar, ela sonhava com os beijos e abraços carinhosos dele.

O telefone tocou e Paul atendeu.

— Alô?

— Paul, aqui é o Wagner — disse seu amigo do outro lado da linha.

— E aí, amigo, tudo bem, sumido?

— Você que anda sumido, cara, está tudo bem?

— Sim, está tudo bem, e com vocês?

— Estamos bem. Estou te ligando para te convidar para o meu noivado — falou Wagner muito entusiasmado e cheio de alegria.

— Cara! — isso é demais! parabéns! — Paul estava extremamente feliz por seu amigo e compadre.

— Pois é. A Debby me laçou mesmo — falou rindo alto.

— Estou vendo. E quando será?

— Será daqui a dois meses, mas eu já estou te chamando com antecedência para você se preparar, porque vamos ficar noivos no Havaí.

— Você é metido mesmo, hein? — ele brincou com o amigo.

— Pois é. Vamos fretar um avião para até cem pessoas e vamos ficar um fim de semana todo no Havaí curtindo.

— Pode contar comigo. Vou me programar para não fazer compromisso.

— E Paul, você pode levar uma acompanhante, ok?

— Obrigado, amigo. Apenas não há ninguém que eu queira levar. Agradeço mesmo assim.

— Ok. Te passo as coordenadas mais tarde. Abraço.

Wagner desligou o telefone e Paul ficou um minuto parado. A alegria do amigo era contagiante e ele estava feliz por isso. *Wagner merecia ser feliz novamente* — pensou Paul.

Ele estacionou seu carro e subiu para seu escritório, tinha muito o que fazer antes da primeira audiência daquele dia.

Mary entrou apressada na livraria Barnes and Noble, estava querendo já há algum tempo um livro com dicas de decoração. Desde que tinha comprado seu apartamento há um ano e três meses, não havia decorado do seu gosto. Aqui e ali faltava alguma coisa. Ela não saberia dizer o que, mas com certeza e com a ajuda de várias revistas descobriria.

Estava concentrada olhando a figura de vários livros e revistas, colocou uma pilha diante de si para decidir qual levar.

— Esse livro de decoração é excelente — falou um rapaz de frente para ela na grande bancada cheia de livros.

— O quê? — ela olhou assustada para o homem loiro, lindo e sorridente.

— Desculpe por bisbilhotar — falou dando o sorriso mais sexy do mundo.

— Não, tudo bem. Fico feliz em você ter bisbilhotado — falou sorrindo. — Eu não entendo nada de decoração, por isso vim aqui comprar algo que possa me orientar — ela sorria com charme.

— Meu nome é Jason, muito prazer, senhorita? — perguntou levantando uma sobrancelha.

— Prazer. Sou a Srta. Mary — riu de si mesma. — Muito prazer.

— Você quer decorar o quê? Desculpe, sou arquiteto e também decorador.

— Não acredito! Que bacana! Então espero que você possa me ajudar, Jason.

— Claro, Mary. Vamos ver o que você pegou até agora. — Ele rodeou a bancada e ficou ao lado dela.

Enquanto ele vasculhava em seu monte de livros, ela o observou de soslaio. Loiro, olhos castanhos claros, nariz afilado, boca carnuda, corpo atlético, sem nenhuma grama de barriga, alto, cerca de trinta e quatro anos e muito bem vestido.

— Peguei os livros e revistas certas? — perguntou educadamente.

— Que tal sentarmos ali no café com todos esses livros e eu te ajudo a escolher? — sugeriu ele.

— Vamos então.

Os dois se dirigiram ao café dentro da livraria, o atendente veio na hora, ela pediu um cappuccino e ele um café mocha.

Assim que o atendente saiu ele olhou nos olhos dela e disse:

— Você quer decorar que tipo de ambiente Mary?

— Meu apartamento. Ele já tem algumas coisas espalhadas aqui e ali, mas sinto que falta algo. Há um ano e pouco estou morando lá e me faltou tempo para dedicar-me a ele.

— Hum! muito ocupada então — ele disse encarando-a.

— Sim. — Ela respondeu sem entrar em detalhes.

— Se você quiser podemos marcar um dia, que você possa para eu dar uma olhada e sugerir alguma coisa. O que acha? — ele falou já estendendo seu cartão para ela.

— Nossa! Acho ótimo. Que tal nessa sexta-feira, você teria tempo?

— Só um momento, vou olhar aqui na minha agenda.

Ele pegou o celular e ficou pra lá e pra cá com o dedo.

— Posso às 19:00, se não for muito tarde para você — ele falou olhando em seus olhos.

— Muito bem, combinado então. Vamos tomar o nosso café e já te passo o meu endereço, pode ser?

— Ok. Sem problemas — falou tomando um gole de café e olhando para ela.

— Linda! — ele pensou encantado.

Os dois conversaram por mais meia hora e Mary saiu apressada, dizendo que estava atrasada. Deram um beijo na bochecha um do outro e ela foi embora correndo.

Jason terminou seu café e estava louco para chegar sexta-feira, para ver Mary novamente e conhecê-la melhor. Tinha ficado encantado com ela e sabia que ela simpatizou com ele também.

— Quem sabe, né? Tão difícil encontrar alguém para algo sério — ele sorriu esperançoso.

Já instalada em seu consultório e atendendo um paciente atrás do outro, Mary nem se lembrou mais do encontro tão agradável com Jason.

— Dra. Mary, a paciente das 18:00 pediu desculpas e irá se atrasar vinte minutos. Disse que está em um engarrafamento terrível. — Falou sua secretária.

— Ok, Darah. Obrigada! — vou relaxar um pouquinho então.

— Ok.

Mary pegou seu computador e decidiu colocar no Google o nome do seu novo amigo, para saber quem ele realmente era.

Ficou surpresa em ver sua foto em vários eventos da cidade, recebimento de placas e vários prêmios como um dos melhores arquitetos e decoradores.

Falavam até de sua fortuna.

Nossa! Pensou boquiaberta — ele é tão simples e simpático. Nada indicava que fosse tão rico — ela pensou — ele estava com roupas lindas e de muito boa qualidade — ela lembrou a si mesma.

Viu suas fotos com várias mulheres magras e lindas e compreendeu que talvez fosse mais um mulherengo no pedaço. Logo abaixo viu uma nota com a foto dele com uma loira exuberante.

"Giselle e Jason, após dois longos anos, terminam o noivado". A data era de dois anos atrás. Mary ficou pensativa e pesarosa por ele. *Eles formavam um belo casal* — ela pensou.

Ela atendeu sua última paciente que pediu mil perdões pelo atraso de meia hora, que ela nem viu passar, e foi para casa. Precisava urgentemente de uma ducha e algo para comer.

Capítulo Dez

Finalmente a tão esperada sexta-feira chegou e Jason se aprontou com todos os seus apetrechos de decorador, livros, revistas e álbuns para fazer uma ótima apresentação para Mary.

Tinha gostado muito dela e iria ajudá-la no que pudesse. Fazia muito tempo que não se sentia atraído por uma mulher como ficou por ela.

Mary era linda, charmosa, educada, sexy e tinha uma bunda de tirar o fôlego de qualquer homem.

— Pode mandar subir, por favor — respondeu Mary.

Ela tinha chegado em casa, tomado banho e colocado um short fresco e largo. A camiseta branca era de seda e ela estava super a vontade, descalça.

Abriu a porta para aguardar Jason, estava ansiosa pela visita do recém amigo.

— Olá — cumprimentou alegremente.

— Oi — ele respondeu alegre e deu um beijo na bochecha de Mary.

— Entre. Fique à vontade.

Ele também estava de bermuda e camiseta e tirou o chinelo ao entrar na casa dela.

— Lindo! Lindo, Mary! Parabéns! — falou já olhando com olhos experientes e profissionais.

— Venha ver o resto — ela chamou animada.

— Você tem muito bom gosto e amei as peças, mas realmente falta algo a mais. — Falou olhando em seus olhos.

— Eu não te falei? — ela disse sorrindo e pegando um vinho e duas taças. — Vamos beber enquanto vou vendo o material que você trouxe — falou já entrando na sacada e servindo o vinho.

— Delicioso! — ele falou sorrindo e bebendo novamente.

— O que você sugere? — ela perguntou rindo e tomando o seu vinho também.

Os dois conversaram por três horas sobre diversos assuntos e nem perceberam a hora passar. Foram momentos divertidos e mágicos e Mary estava super feliz de tê-lo conhecido.

Ele era charmoso, bonito, sexy e muito educado. Um verdadeiro cavalheiro.

Ele olhou discretamente para a bunda de Mary, mas ela sabia que todos os homens olhavam mesmo. Não tinha jeito — ela pensou sorrindo enquanto conversava com ele.

Os dois se despediram e Jason ficou encarregado de buscá-la no hospital na segunda-feira para fazerem compras. Mary estava entusiasmada e alegre, como há muito tempo não ficava.

Amou as ideias de Jason e constatou que ele tinha bom gosto e excelente olho para dispor os móveis e objetos no ambiente como nunca.

Estava muito entusiasmada para decorar sua casa e deixar tudo com a sua cara.

Mary passou o fim de semana todo de plantão e no domingo à noite foi visitar a mãe.

— Mamãe — ela disse beijando sua mãe.

— Não te vejo mais, filha. Você está mais magra? — perguntou a mãe olhando-a de cima a baixo.

— Estou ótima mamãe, não se preocupe. Gordura não quer dizer saúde — ela falou sorrindo.

— Venha tomar uma sopa comigo e me conte as novidades.

— Vamos, sim. Estou com fome — falou sorrindo.

Ficou com a mãe até meia noite e voltou para casa para descansar.

Na segunda-feira trabalhou toda a manhã e como não tinha cirurgia foi almoçar e fazer compras pela cidade com Jason.

Ele era agradável e simpático o tempo todo e no fim da tarde, Mary o convidou a ir ao seu apartamento. Ela esquentaria uma pizza caseira para eles. Ele achou uma ótima ideia.

Mary pegou um delicioso vinho e ambos sentaram-se na sacada para apreciar a companhia um do outro. Antes mesmo de servir a segunda taça, Mary tropeçou no pé do sofá e derrubou o vinho.

— Não tem problema nenhum — ele falou após Mary ter derrubado vinho em sua camiseta.

— Sou uma desastrada mesmo — falou feliz.

Jason retirou a camiseta e colocou de lado para que ela secasse antes dele ir embora. Ele tinha um corpo forte e atlético.

— Você é linda querida! — ele disse encarando Mary com olhos de desejo e cobiça.

— Obrigada! Você também não é de se jogar fora — os dois caíram na gargalhada e Mary se sentia alegre e realizada.

A companhia tocou.

— Você está esperando alguém? — ele perguntou olhando Mary.

— Não. Com licença, eu vou ver quem é — falou levantando-se com a taça de vinho na mão.

Abriu a porta e deu de cara com Paul.

— Oi — falou sorrindo para ele.

— Tudo bem? — ele perguntou sério.

— Tudo ótimo.

— Mary, posso pegar o queijo no refrigerador? — falou Jason aparecendo totalmente à vontade perto da porta.

— Pode, sim — respondeu para ele.

— Boa noite! — falou Paul olhando com cara de poucos amigos.

— Boa noite! — respondeu Jason educadamente.

— Eu já vou, querido. Pode pegar o queijo, por favor — falou Mary olhando para ele.

Ela olhou para Paul como quem diz "pois não"?

— Eu vim buscar o meu relógio e chinelo — ele falou com voz que parecia um gelo.

— Só um momento que irei pegar. Você quer entrar? — ela perguntou educadamente.

— Não — foi a resposta curta e seca.

— Eu vou buscar — ela falou meigamente.

Paul queria morrer.

Mary foi até a sacada e pegou sobre uma cadeira os pertences de Paul.

— Vejo que você não perdeu tempo — falou pegando suas coisas da mão dela e virando as costas.

Mary não disse uma palavra e fechou a porta. Não esperou nem ele pegar o elevador.

Voltou para encontrar Jason na sacada e já não tinha mais tanta graça estar tomando vinho com ele, mas ela era esperta e não deixou transparecer em um só segundo.

A conversa fluiu normal entre eles e no fim da noite, quando ela acompanhou Jason até a porta, ele se curvou e deu um beijo em seus lábios.

Ela retribuiu o beijo e não sentiu absolutamente nada.

Os dois se despediram e combinaram de almoçar no outro dia. Um almoço rápido, perto do hospital.

Mary sentou em seu sofá na sala e recostou a cabeça no encosto, pensando em Paul. *Ele estava mais lindo que nunca e mais magro também* — ela pensou pesarosa e cheia de saudades.

Paul estava com muita raiva mesmo. Por que diabos tinha ido à casa daquela insensível? — ele se perguntava a todo segundo. — Que burro que você é — falava ele mentalmente. — Ela não perdeu tempo, já estava com outro lá. Era muita cara de pau. — Ele estava com ciúmes, com inveja e com saudades. Essa era a verdade, mas Paul jamais iria admitir isso.

No outro dia, Paul entrou no escritório depressa e foi para sua sala. Tinha uma cliente em dez minutos e queria estar pelo menos mais calmo.

— Dr. Paul, a cliente chegou — falou sua secretária abrindo a porta e falando baixo.

— Pode mandá-la entrar — obrigado!

Paul se levantou atrás de sua mesa.

Entrou uma senhora elegantemente vestida e atrás dela uma moça, linda e muito sexy.

— Bom dia! — cumprimentou ele estendendo a mão para a senhora e depois para a moça.

— Bom dia! — responderam pegando cada uma em sua mão.

— Por favor, sentem-se — falou educadamente, indicando duas poltronas confortáveis.

As duas sentaram-se e ficaram olhando para ele.

— Então, em que posso ajudá-las?

— Meu nome é Salete e essa é minha filha Nicolle.

Paul balançou a cabeça.

— Descobri recentemente que meu marido tem outra mulher há vinte e quatro anos e quero o divórcio.

— Certo! — Paul falou fazendo as anotações no papel à sua frente.

— Regime de casamento? — ele ia perguntando e anotando tudo rapidamente com letra totalmente ilegível.

Após uma hora e meia de conversa e debates, com a filha instigando a mãe o tempo todo, Paul pediu para sua secretária trazer um café.

— Então a senhora me traga todos os documentos da lista, a minha secretária fará uma procuração para que eu possa representá-la judicialmente e assim que estiver feito a petição eu a chamo novamente. Certo? — ele falou olhando para Salete.

— Está tudo certo, Dr. Paul. Agradecemos sua atenção.

— Poderia me dar seu cartão com seu celular, por favor? — pediu Nicolle.

— Claro! — aqui está.

Nicolle pegou o cartão, olhou e devolveu a ele.

— Não estou vendo o seu telefone pessoal, apenas o do escritório. — Falou fazendo um beicinho nada sexy.

— Ah! Sim — ele pegou e anotou seu número.— Desculpe! — falou baixinho.

Ela deu um sorriso e olhou para aquele deus grego.

Paul atendeu mais cinco clientes, todos eles querendo o divórcio.

Chegou em casa exausto, devido às inúmeras discussões. Quando o casal iam juntos, nem sempre havia um consenso e tudo acabava em brigas e sérias discussões. Era uma verdadeira baixaria.

Mal ele chegou em casa, seu celular tocou. Olhou o número e não reconheceu. Resolveu atender.

— Alô? — disse retirando a gravata.

— Paul...? — ele ouviu uma voz de mulher desconhecida.

— Sim, sou eu — quem é? — perguntou curioso.

— Sou eu, Nicolle, estive em seu escritório hoje com mamãe, lembra?

— Olá... — falou sorrindo. — Claro que me lembro. Sua mãe está bem? Vocês precisam de algo? — perguntou preocupado.

— Estamos bem, Paul. Quer sair para um drink? — perguntou na lata.

— Claro! Vamos combinar. Que tal amanhã? — ele falou animado.

— Hoje. Pode ser? — falou ela com voz de quem não admitia uma recusa.

— Ela não é nada tímida — pensou Paul.

— Nicolle, desculpa. Eu acabei de chegar e estou exausto. — Falou subindo para seu quarto.

— Que tal se eu fosse até sua casa? Prometo não falar do divórcio dos meus pais — ela falou ansiosa.

Paul estava muito cansado, mas se ela estava disposta a isso, tudo bem. Por quê não?

— Ok. Vou te passar o endereço — falou mais animado.

Em menos de uma hora seu interfone toca anunciando Nicolle.

— Entre, seja bem-vinda — falou dando um beijo na bochecha dela.

—- Nossa Paul! sua cobertura é linda — ela falou admirando o agradável ambiente.

— Muito obrigado!

Nicolle não era nem de longe pobre, seus pais tinham um patrimônio muito bom e ela era filha única.

Ela parou de frente para ele e estava muito sexy com um short minúsculo e uma regata, não usava sutiã e estava com pouca pintura. Seu perfume era suave e ela era linda.

— Você gostaria de uma taça de vinho? — perguntou já se dirigindo para sua adega.

— Aceito sim. — Falou ela olhando de forma provocante para Paul.

Tomaram vinho e conversaram sobre banalidades.

A conversa era chata e desinteressante e Paul estava quase dormindo.

Nicolle percebeu isso e foi para perto dele, na cadeira de balanço. Sem nenhuma cerimônia ela abriu as pernas e sentou no colo dele.

— Ops! — ele sorriu pegando na cintura dela.

— Desde que te vi fiquei com você na cabeça, advogado lindo — ela falava e já foi beijando Paul na boca.

Ele retribuiu o beijo, mas estava longe de ser um beijo gostoso.

Fizeram sexo duas vezes e ela foi embora satisfeita, deixando Paul cansado e deprimido.

Constatou estarrecido que enquanto estava transando com aquela linda mulher, ele só pensava em Mary e no fogo que os dois sentiam quando estavam juntos. Odiou-se por isso e prometeu esquecer que Mary existia.

Os dias foram passando rápido e se transformaram em meses e chegou o grande dia do noivado de Wagner.

Todos deveriam estar no aeroporto exatamente às 9:00 da manhã. Pelo que Paul conversou com Wagner os cem lugares foram preenchidos e Paul pediu a Wagner se poderia levar Nicolle.

Ele não queria ir ao noivado sozinho e os dois estavam se entendendo gradualmente.

Capítulo Onze

— Bom dia! — falou Paul para um Wagner nervoso e agitado.

— Bom dia, irmão — falou Wagner dando um abraço em Paul e admirando a linda loira ao lado de Paul.

— Essa é a Nicolle — falou Paul sorrindo com os olhos.

— Muito prazer, Nicolle. Como você conseguiu fisgar esse cara? — Wagner estava muito feliz e transbordava de alegria.

— Eu ainda não o fisguei — ela respondeu sorrindo e realmente era uma bela mulher.

— Fiquem à vontade, vamos esperar chegar mais gente para todos entrarmos juntos no avião. — Wagner falava ao mesmo tempo em que corria para receber outro convidado.

Os convidados foram chegando em pares. Paul deu graças a Deus ter levado Nicolle, *não queria ficar de vela para tantos casais* — pensou.

Nunca havia se importado de ser solteiro e queria permanecer assim, mas era chato ir para outro estado em um lugar tão bonito como o Havaí e não ter companhia.

E Nicolle não era de todo ruim, ela apenas não tinha uma mente muito desenvolvida. Falava muita futilidade e às vezes Paul queria ficar calado e ela não entendia. *Coisas da juventude* — pensou desanimado.

Ela era linda e jovem, vinte e quatro anos e sabia como ser insistente — pensou Paul olhando para ela, mexendo no celular.

Quando Paul levantou a cabeça, ele viu Mary e um outro rapaz vindo na direção do avião.

Que raios ela estava fazendo ali? Quem a tinha convidado? — pensou ele. Já estava possesso de ciúmes.

Mary não o tinha visto ainda e Paul resolveu se "esconder" atrás de um cara gordo que aguardava também do lado de fora.

Mary estava linda!

Com um short azul claro e uma regata branca, que acentuava seus seios lindos e durinhos. O short era curto e mostrava suas lindas pernas e exuberantes curvas. Estava descontraída, sorrindo e tinha toda a atenção do rapaz ao lado.

Seria o mesmo do apartamento? — indagou Paul olhando disfarçado para eles.

Como a amava e desejava — pensou aborrecido. Achou que já a estivesse esquecido, mas viu que não. — *Senhor, dai-me forças* — pensou mentalmente.

— Que bom que vocês chegaram — ele ouviu Wagner cumprimentar o rapaz com um abraço afetuoso e depois dar um beijo nas bochechas de Mary.

— Quando eles ficaram tão íntimos? — Paul se perguntou com raiva de Wagner, de não ter lhe dito que sua médica estaria no mesmo voo.

Mary passou os olhos sobre todos e não viu Paul, que continuava atrás do homem gordo.

Todos foram convidados a entrar no avião e formaram uma grande fila. Mary e o rapaz já se posicionaram e Paul louvou a Deus por estarem bem mais atrás dela.

Ele pôde perceber que havia intimidade entre eles e que Mary estava feliz. Ficou com ciúmes e aborrecido.

A fila foi andando devagar e todos se acomodaram no avião e eles sentaram-se no primeiro acento que estava vazio para que Mary não os vissem.

— Está tudo bem? — perguntou Nicolle, olhando para ele.

— Sim. Não entendi a pergunta — ele respondeu na defensiva.

— Você de repente ficou estranho, parece que não quer ser notado — ela falou olhando para ele.

— De onde você tirou isso, garota? — Paul riu sem graça e ficou mexendo em seu celular.

Começou a odiar aquela viagem e muito mais por ter trazido Nicolle à tiracolo.

O voo durou três horas e quarenta e cinco minutos. O aeroporto do Havaí estava cheio de turistas chegando ou voltando para casa.

Paul respirou assim que o comissário anunciou que todos poderiam descer.

— Vamos esperar todos descerem, não há pressa — falou segurando no braço de Nicolle.

— Ok. Como queira — ela respondeu sorrindo.

Paul concluiu que era fácil lidar com ela, pois tudo o que ele falava ou sugeria, ela concordava, como se nunca tivesse uma opinião formada sobre nada.

Todos desceram sorrindo e entusiasmados, quando ele viu de longe que Mary estava vindo toda alegre com o rapaz loiro, ele virou o rosto e ficou olhando para fora da janela.

— Vamos? — Nicolle chamou após todos já terem descido.

— Vamos sim. — Paul pegou sua bagagem no maleiro e a de Nicolle e os dois desceram. Ela foi na frente.

Cinco ônibus do hotel Hilton os esperavam para levá-los ao hotel. Paul notou que Mary e o seu acompanhante foram no segundo ônibus. Ele mais uma vez suspirou aliviado.

Claro que iriam se encontrar, mas ele queria primeiro deixar o choque do primeiro momento passar.

Mary estava feliz de ter aceitado o convite de Jason para o casamento de sua irmã, Debby.

Ainda não tinha tido a oportunidade de viajar ao Havaí e estava achando tudo lindo, muito colorido e uma animação só.

— Você já veio aqui, Jason? — perguntou Mary aproximando-se dele no ônibus.

— Sim. Todas as nossas férias de verão papai nos trazia aqui. As férias eram mágicas. Acho que foi por isso que eles resolveram fazer o noivado aqui. — Ele falou serenamente.

Jason mostrou ser um ótimo companheiro, amigo e anfitrião. Eles já haviam transado e foi morno demais. Mary o comparava o tempo todo com Paul, não tinha como. Ela continuava apaixonada por ele. Não o tinha visto mais e isso era bom, assim poderia esquecer que um dia fizeram amor.

— Está tudo bem? Você ficou pensativa de repente — falou Jason olhando para o rosto de Mary.

— Sim. Eu estava pensando em mamãe. Um dia vou trazê-la aqui — mentiu Mary fazendo cara de paisagem e sorrindo.

— Nós podemos programar algo assim. O que você acha? — ele perguntou animado.

— Vamos ver...

Mary não queria dar falsas esperanças a ele. Ela gostava da companhia dele, ele era agradável, gentil, educadíssimo, amoroso e lindo, mas a química entre eles era muito morna.

Ela novamente pensou em Paul. Aquele deus grego de olhos azuis. Ele era tudo o que ela mais queria, mas, infelizmente, eles não combinavam. *Brigavam o tempo todo* — ela sorriu pensativa.

Fazer amor com Paul era uma loucura e ela já ficava excitada só de pensar. Ele a fazia se sentir uma mulher linda, gostosa, sexy e muito amada. A última vez que eles ficaram juntos, ele a beijou como nunca em todos os lugares depois de fazerem sexo. *Ele era muito carinhoso!* — ela começou a ficar triste e Jason notou.

— Cansada, querida? — perguntou solícito.

— Um pouco, trabalhei muito ontem e não dormi muito bem à noite — foi a resposta mais plausível que ela encontrou.

Sentia que deveria tomar cuidado com seus pensamentos, pois estava o tempo todo sendo vigiada por Jason. Ele percebia tudo.

— Você terá um fim de semana inteiro para descansar e relaxar, então vamos aproveitar, ir nesse mar maravilhoso, tomar sol e nos divertir.

— Será maravilhoso. Tenho certeza disso — ela falou sorrindo. — Obrigada, Jason, por ter me convidado.

— Eu que agradeço por você ter vindo, querida — Jason se aproximou e deu um beijo em seus lábios.

Todos que chegavam iam ficando em um canto da grande recepção, para que fossem recepcionados por Debby e Wagner que chegaram na frente. Após todos estarem presentes Wagner falou:

— Sejam bem-vindos, todos vocês. Aproveitem a praia, a piscina do hotel e logo mais à noite a nossa festa de noivado. — Todos bateram palmas e soltaram gritos de viva.

— Vocês encontrarão em seus quartos, uma fantasia e um folheto com instruções. Leiam com atenção. — Wagner sorria satisfeito.

Mary e Jason iam ficar no quarto do primeiro andar. Pegaram o cartão magnético com o número cinco. Ambos foram para o quarto se instalarem.

Paul e Nicolle ficariam com o quarto número seis, ao lado de Mary e Jason.

Apenas eles não sabiam disso.

Paul não viu mais Mary e ficou contente por isso.

— Olha, Paul, que legal! — gritou Nicolle para ele.

— O que é isso? — perguntou ele pegando uma fantasia e uma máscara.

— Que criatividade! Será um baile de máscaras e estaremos fantasiados. Isso é muito bacana.

— Então foi por isso que todos os convidados precisaram responder aquele questionário, perguntando número das roupas, chinelos e calçados, aquela coisa toda — ele sorriu se divertindo.

— Será que cada casal terá sua fantasia diferente? — perguntou Nicolle.

— Eu não sei, mas esse quarto já estava marcado para nós. Provavelmente será uma fantasia diferente para cada casal, né? Porque se não, qual seria a graça? — ele sorriu pegando sua fantasia.

— A sua é qual, Paul?

— Super-Homem.

— Nossa! Você ficará muito sexy nessa calça justa. — Ela se insinuou para ele.

Ele se desviou e foi até a janela, não estava a fim de transar naquela hora. Estava cansado e ver Mary o deixou muito para baixo.

— Todos nós iremos iguais, Nicolle — olha o folheto com todas as explicações.

— Será uma espécie de jogo, onde cada casal estará com a mesma fantasia e irão se misturar no salão. Teremos que ir dançando com todos até acertar o nosso par. — Ele foi lendo e explicando para Nicolle.

— Por isso a peruca... Que graça teria se você já visse meu cabelo loiro e me reconhecesse? — ela disse.

— E a fantasia das mulheres qual é? — Paul estava curioso.

— Mulher-Maravilha — ela sorria feito criança.

— Será muito interessante, ver todas as mulheres de Mulher-Maravilha e todos os homens de Super-Homem — eles sorriram divertido. — Aposto que tudo isso foi ideia de Debby, ela é muito divertida, inteligente e alegre. — Ele falou divertido.

— O que você quer fazer? — perguntou ele.

— Vamos à praia? Podemos fazer uma refeição por lá e voltarmos mais tarde para nos aprontar para o baile de noivado. O que você acha?

— Ótima ideia. Vamos para uma praia mais distante, aqui estará muito cheio. — Ele falou animado.

— Vou me trocar então — ela falou já abrindo sua mala e pegando seu lindo biquíni, chapéu, canga e uma linda bolsa de praia.

Paul e Nicolle pegaram o barco que o hotel oferecia e foram a uma praia distante e passaram o dia por lá. Voltaram exaustos às 16:00 para descansarem e se prepararem para o grande baile de noivado.

Mary e Jason aproveitaram a praia de manhã, de frente ao hotel e à tarde foram a uma feira de antiguidades.

Às 17:00 eles voltaram ao hotel para descansar.

As horas passaram voando e, quando se deram conta, já estava na hora do baile.

Tanto Paul quanto Nicolle estavam perfeitos e irreconhecíveis.

Ambos riram de suas fantasias e estavam alegres e divertidos.

Ao abrirem a porta do quarto para sair, deram de cara com Mary e Jason, também fantasiados. Paul a reconheceu na hora e sabia que era ela, mas ela não sabia que ele era Paul.

Todos se cumprimentaram sorrindo e Paul reparou a bunda de Mary. Linda e sexy!

Foram juntos até o salão e lá se separaram. Quando estavam todos reunidos, o rapaz do som anunciou que todos deveriam fazer uma grande mistura entre eles, de modo que quando começasse a música eles deveriam dançar até achar o seu par. E assim fizeram os cem convidados.

Paul sabia onde Mary estava, somente pelo traseiro, e foi atrás dela. Alguns casais já estavam dançando e ele correu para Mary e a tomou em seus braços. Ela ria se divertindo, sem saber que estava nos braços de Paul.

— Você não é o meu par — ela falou sorrindo divertida.

Paul continuou rodopiando com Mary em seus braços, sem dizer uma palavra e não dava chance dela se esquivar dele.

Começou uma música lenta e os casais iam se separando e pegando outros pares, mas Paul segurou Mary pela cintura, conduzindo-a para o meio do salão.

A atração entre eles era incrível. Ela disse:

— Você me lembra de uma pessoa que conheci — ela disse baixinho e se encostou mais nele.

— E isso é um sonho ou um pesadelo?

— Seria um sonho — ela falou sem reconhecer a voz dele.

Ele a apertou mais em seus braços e abraçou com as duas mãos na cintura dela.

— Por favor, você está me apertando muito — protestou Mary se afastando.

Ela estava amando aquela aproximação, mas não deixaria que ele percebesse. O estranho tinha o mesmo porte atlético de Paul.

Paul afrouxou o abraço e Mary respirou aliviada.

— Nós precisamos trocar de par — falou Mary olhando para o lado e não viu ninguém vindo ao seu alcance, por isso continuou dançando.

Resolveu encostar sua cabeça no ombro do homem e relaxar, curtindo a música. Paul cheirou seu cabelo e fechou os olhos, sonhando com Mary em seus braços. Sem poder resistir por mais tempo, Paul passou as mãos em suas costas e a apertou contra si.

Mary se enrijeceu e falou:

— Paul, é você? — sua voz era meiga e surpresa.

Sem responder nada, o estranho a abraçou mais e foi encostando seus lábios no cabelo de Mary, ela olhou para ele e sem resistir por mais tempo, ele pegou o rosto de Mary com as duas mãos e a beijou.

Na mesma hora Mary reconheceu seu grande amor e retribuiu o beijo molhado, longo, sexy e delicioso.

Paul beijava Mary como se precisasse sugar toda a sua alma e Mary correspondia atordoada.

Passava as mãos em suas costas e a apertava ao seu encontro. Paul colocou a boca em seu ouvido e falou com voz rouca e apaixonada.

— Você me deixa louco, meu amor. Eu preciso de você. Vamos nos encontrar lá fora? — ele perguntou baixinho.

Mary não deu resposta e Paul continuou.

— Eu vou sair por aquela porta lateral e te encontro atrás daquela pedra com os coqueiros, tá bom? Temos que fazer isso agora, que ainda não juntaram os pares.

Paul soltou Mary que quase caiu, de tão bamba que estava. Ela olhou para todos os lados e não reconheceu Jason em nenhum deles e resolveu sair atrás de Paul.

— Mary? — chamou Paul, baixinho.

— O que significa isso, Paul?— ela perguntou brava com as mãos na cintura. — Você está me seguindo? — olhou de cara feia para ele.

— Mary, vem cá — Paul falou pegando Mary pela mão e se afastando para a escuridão da praia.

Ao chegarem perto do mar, estava um breu de tão escuro e eles viram o hotel a uma boa distância.

— Não estou te seguindo, Mary, eu vim para o noivado do meu melhor amigo e compadre — falou ele retirando sua máscara e guardando no bolso.

Mary também retirou sua máscara e olhou para ele.

Ambos caíram na gargalhada ao olharem suas fantasias e Mary já não estava mais com tanta raiva.

— Certo — ela disse sorrindo.

— Como você veio parar aqui? Você conhece, Debby?

— Sim. Eu vim com o irmão dela, o Jason — ela falou meigamente.

Paul estava com muito ciúmes de Mary.

— Vocês estão namorando? — ele perguntou ansioso.

— Mais ou menos — ela respondeu — estamos nos conhecendo para ver no que vai dar.

— Mary...

Antes mesmo que ela pudesse responder, Paul se jogou para cima dela beijando sua boca com urgência e ganância.

Mary se desequilibrou e ambos caíram no chão. Paul deitou em cima de Mary sem parar de beijá-la e disse ofegante.

— Mary… Mary … Mary..

— Me solte, Paul, você é louco — pare com isso — me solte agora — ela falou brava.

Paul a soltou e ela se levantou e correu de volta para o salão, estava ofegante e com a peruca toda torta. Entrou no banheiro para se recompor.

— Como ela deixou isso acontecer? — pensou devastada.

Arrumou sua peruca, retocou a maquiagem, limpou a roupa cheia de areia, colocou a máscara e voltou para o salão.

Encontrou Jason e pegou na sua mão sorrindo.

— Onde você estava, querida? — ele perguntou. — Venha vamos nos sentar para o jantar.

— Todos encontraram seus pares? — ela perguntou sorridente.

— Sim. Foi muito bacana e criativa a ideia de Debby.

Mary viu quando Paul entrou no salão e foi para o banheiro. Ele também precisava se arrumar.

Todos retiraram suas máscaras para comer e aproveitar a festa ao máximo. Haveria bingo após o jantar e muitos prêmios para os convidados.

Esse noivado ficaria na história do Havaí.

A comida estava deliciosa e ainda estava sobrando dois lugares à mesa deles.

— Quem irá sentar aqui, Jason? Não consigo ler os nomes — perguntou Mary virando a cabeça.

— São um casal de amigos de Debby e Wagner.

— Boa noite! — falou Paul de mãos dadas com Nicolle.

— Boa noite! — responderam os outros quatro casais da mesa.

Mary olhou para Paul, que parecia feito de pedra — ela pensou apreensiva — *isso não vai dar certo.*

Ficou com muito ciúmes de Paul ao vê-lo de mãos dadas com aquela loira linda e exuberante.

Ele não olhou nem uma vez para ela e o jantar transcorreu na mais perfeita ordem.

— Meus amigos! — apareceu Wagner e Debby de mãos dadas e sorrindo, na mesa deles.

— Você viu a Dra. Mary, Paul? — perguntou Wagner em alto e bom som.

— Não a tinha visto.

Paul olhou para ela e disse:

— Como vai, Dra. Mary? — perguntou sarcástico.

— Estou bem. Obrigada! — ela respondeu educadamente.

Capítulo Doze

Mary e Jason comeram em silêncio e depois combinaram de dar uma volta na praia antes do bingo começar.

Paul estava totalmente desanimado de jogar bingo, mas Nicolle estava tão empolgada e alegre que ele decidiu fazer a vontade dela.

O jogo acabou sendo super divertido e todos ficaram até altas horas jogando.

Os prêmios eram lindos e sofisticados.

Wagner era definitivamente, um empresário milionário e todos estavam amando o noivado.

No outro dia, todos poderiam aproveitar a praia, pois iriam pegar o avião apenas às 14:00.

Paul levantou cedo, embora tenha dormido muito tarde. Ele queria curtir a praia, mas Nicolle queria dormir. Ele a deixou dormindo e foi à praia sozinho. O dia estava lindo e o sol estava fraco.

Paul sentou-se em um banco afastado do hotel de frente para o mar.

Contemplou o mar azul esverdeado e fechou seus olhos. Recebeu a brisa e agradeceu mentalmente a Deus por tudo aquilo.

— Bom dia! Atrapalho? — perguntou Mary delicadamente aproximando-se do banco e esperando uma resposta para sentar-se.

Paul abriu seus olhos e olhou para o amor de sua vida.

— Não! De maneira alguma. Sente-se — falou ele baixo e educadamente.

Mary sentou-se ao lado de Paul e a perna dele encostou na dela e ambos sentiram um arrepio percorrer suas espinhas.

—Paul…— Mary.... — falaram os dois juntos e riram um do outro.

— Pode falar — ele disse.

— Paul, eu gostaria de conversar com você quando voltarmos, você concorda? — perguntou meigamente e deu um sorriso encantador para ele.

— Eu gostaria muito disso — ele respondeu olhando para ela. — Mary? Gostaria de me desculpar por ontem — falou olhando em seus olhos.

— Depois falaremos sobre isso. O que aconteceu, aconteceu e eu fui culpada também — ela falou meigamente.

Ele apenas a olhou e desejou estar em seus braços.

— Então fica combinado assim: quando chegarmos eu entro em contato, pois não sei se terei cirurgia na segunda-feira e que horas estarei em casa — falou ela.

— Ok. Ficarei aguardando seu telefone — ele disse encarando os olhos verdes de Mary.

Ela está mais linda com essa cor — ele pensou, sentindo vontade de abraçá-la e beijá-la.

— Vejo que você já pegou uma cor? — falou olhando para a marca de seu biquíni e para as pernas nuas de Mary.

— Sim. Nem mesmo pedi por isso — ela falou entusiasmada. — Imagina se ficasse aqui uma semana? Certeza que voltaria preta para casa — ela riu de si mesma e olhou para os olhos de Paul.

— Você ficaria linda! — foi a resposta dele.

— É sério o seu namoro com aquela criança? — ela perguntou olhando em seus olhos.

— Você sabe que não. Eu apenas não queria estar em um lugar tão bonito e completamente só, pensando em você. — Ele falou serenamente.

Mary apenas balançou a cabeça e colocou a mão no banco perto de Paul. Olhou para aquele mar imenso e fechou os olhos, recebendo a brisa morna.

— Eu te amo, Mary! — Paul falou pegando na mão dela.

Mary abriu seus olhos e fechou-os novamente, para não beijar Paul. Suas emoções estavam à flor da pele.

— Oh, Paul! Eu também amo você e quero que tudo dê certo entre nós. — falou olhando em todo o seu rosto e voltou seu olhar para os olhos azuis dele.

— Esse é o meu objetivo, Mary — falou apertando a mão dela com carinho e emoção.

— Por isso precisamos conversar — ela falou segurando com força a mão dele.

Ela levantou-se e deu um beijo na bochecha dele e saiu apressada. *Ele me ama!* Sua alegria poderia ser vista de longe. *Ele me ama!* — ela ficava repetindo mentalmente para si e sorrindo feito boba.

Ela iria preparada para essa conversa e tomaria uma decisão em sua vida. Seguiria os conselhos de Sissy e amaria Paul com todas as suas forças. *Não teria medo de amar e se deixar ser amada —* pensou, feliz.

Paul não cabia em si de tanto contentamento, por saber que Mary também o amava.

— Obrigado, Deus! — ele olhava para o mar e agradecia a Deus sorrindo.

Todos tiveram um excelente almoço e às 14:00 os ônibus chegaram para levar os convidados até o aeroporto.

Mary estava feliz e tranquila de que tudo daria certo em sua vida.

Terminaria o que quer que fosse com Jason e agradeceria pelos dias felizes e mornos que tiveram juntos — pensou sorrindo.

Todos se acomodaram sorrindo no avião e comentando a linda festa. Mary olhou para todos, sorridente.

Jason era um amor de pessoa, mas Mary não o amava como homem e sim como amigo e sentia que Jason também a tinha como amiga — pensou olhando para ele ao seu lado já dormindo.

Paul estava cinco filas atrás de Mary e Nicolle não parava de conversar. O tempo todo tinha uma coisa para falar ou mostrar no celular.

Ela era uma boa moça, mas Paul daria um basta nisso tudo. Estava cansado de Nicolle, ela era linda e merecia alguém da idade dela e que a amasse.

— Você está pensativo, Paul — Nicolle falou segurando em sua mão.

— Precisamos conversar, Nicolle — falou Paul virando o pescoço e o corpo para ficar de frente para ela.

Nicolle olhou para ele e já soube: eles iriam terminar.

— Tudo bem, Paul, já sei o que você vai falar — ela falou soltando sua mão e enchendo os olhos d'água.

— Você é linda e muito interessante, mas não a amo como deveria — ele falou carinhosamente e muito baixinho para que somente ela ouvisse. — Tenho um grande afeto por você e nada mais — prefiro que você saiba logo do que ficarmos enrolando.

— Você é um homem lindo e muito honesto. Obrigada pela linda viagem, eu amei — ela falou triste.

— Também gostei de estarmos juntos, mas podemos ser amigos, não precisamos cortar relações.

— Não, Paul! Eu não quero ver você com mais ninguém. Prefiro você no meu passado — ela foi firme e categórica.

Paul não disse nada e fechou seus olhos para pensar em Mary. Ela também o amava. Ele estava muito feliz por isso.

O voo transcorreu bem e todos estavam felizes.

Despediram-se com alegria e Paul deu uma olhada em Mary discretamente e a amou mais ainda.

— Eu a deixarei em sua casa, Nicolle — falou Paul pegando a bagagem de ambos.

— Tudo bem — ela disse, seca.

Nicolle e Paul ficaram em silêncio por todo o trajeto. Paul não tinha a mínima vontade de conversar com Nicolle, ela era muito imatura — pensou desgostoso.

— Obrigada, Paul — disse Nicolle descendo do carro, pegando sua bagagem e virando as costas sem nem mesmo olhar para ele.

— Paciência! — pensou Paul. A vida segue.

Paul contornou a rua e pegou a estrada para seu apartamento, estava feliz demais para deixar Nicolle aborrecê-lo com suas birras.

Resolveu colocar o pen drive com suas músicas preferidas para tocar. Ao olhar para o painel do carro, não viu uma grande carreta vindo desgovernada em sua direção. Antes mesmo que pudesse desviar, a carreta pegou o carro de Paul com toda força. Foi questão de segundos.

O carro capotou duas vezes. Tamanha foi a batida que o airbag abriu no rosto de Paul, totalmente inconsciente.

Uma mulher que estava atrás do carro de Paul viu o acidente e encostou trêmula seu carro no acostamento.

Desceu horrorizada com a batida e imaginou que quem estivesse dentro daquele carro com certeza estaria morto. O carro estava destruído. Ela correu para o carro ao mesmo tempo em que ligava para a polícia, o corpo de bombeiros e a emergência. Não tinha certeza de nada, ela respondeu ao atendente que mandaria uma ambulância o mais rápido possível.

Ela ficou esperando o socorro e pegou todos os pertences de Paul. Iria ao hospital atrás da ambulância e comunicaria a família.

O rapaz era lindo e jovem, com certeza sairia dessa — pensou rezando.

Deise tinha perdido um filho assim e não queria esse sofrimento para nenhuma mãe. Rezava pelo rapaz o tempo todo.

Ao dar entrada no hospital, eles o reconheceram como paciente de lá e avisaram a Deise. Ela ligou para seus parentes e ficou esperando para entregar seus pertences.

Mal Mary chegou em casa, já a chamaram para o hospital. Era urgente e precisavam dela. Acidente de carro com grandes fraturas e traumas.

Mary saiu apressada e em cinco minutos entrou no hospital e foi direto ao centro cirúrgico.

— Homem ou mulher? — perguntou Mary para um de seus assistentes cirúrgicos.

— Homem — respondeu o rapaz.

— Vamos lá — ela falou já entrando e pedindo informações aos seus assistentes. Havia na sala mais dois cirurgiões que a colocaram a par de tudo. O caso era muito grave.

— Estamos perdendo o paciente — uma assistente gritou ao olhar o monitor cardíaco ligado a Paul.

— Qual o nome dele? — perguntou Mary já indo fazer a massagem.

— Paul — respondeu a moça.

Mary não pode acreditar que era o seu Paul. O amor de sua vida.

— Vamos, Paul, por favor, reaja! — Mary falava desesperada enquanto fazia a massagem no coração dele. Após meia hora tentando reanimar Paul, Mary disse:

— Assuma aqui, Peter — pediu Mary exausta.

Peter era um médico alto e forte e massageou Paul com força. Logo Paul respirou e o monitor voltou a funcionar.

— Vamos operar rápido, ele está perdendo muito sangue. Peça mais sangue, Denise — falou Mary já abrindo Paul.

A hemorragia tinha que ser controlada ali e agora para que pudessem salvá-lo.

Mary rezava mentalmente e conversava com Paul também.

— Você ficará bem, Paul — ela disse em voz alta e confiante.

A cirurgia durou nove horas, e Mary estava tremendo da cabeça aos pés. Ela fez tudo para salvar o grande amor de sua vida e, ao deixar o centro cirúrgico, sentou-se em outra salinha, retirou as luvas, lavou a mão e o rosto e começou a chorar.

— O que foi, Dra. Mary? — uma de suas assistentes sentou ao seu lado e a abraçou.

— Não posso perdê-lo, Denise — falou chorando.

— Vai ficar tudo bem, Dra. Nós conseguimos parar a hemorragia e ele agora está estável. Vamos esperar as 48 horas de praxe e vai ficar tudo bem.

— Obrigada, Denise — falou Mary cansada e frustrada.

— Você poderia falar com a família dele? Vou tomar um banho e passarei a noite aqui no hospital. Quero acompanhar ele de perto — ela falou levantando-se e agradecendo Denise.

Mary tomou banho e vestiu roupas do hospital. Arrumou uma cadeira e sentou-se ao lado de Paul na UTI.

Ele agora estava estável e dormia. Estava em coma induzido pois havia batido feio a cabeça no capotamento do carro e havia um coágulo preocupante.

— Meu amor, fique bem, eu amo você! — ela falou baixinho segurando sua mão.

De madrugada o monitor apitou forte e Mary viu que Paul estava novamente tendo uma parada cardíaca.

Todos da UTI vieram correndo e juntos fizeram a massagem e usaram o desfibrilador em Paul.

Infelizmente, Paul teve que ser entubado.

Continuaria sedado.

Mary não voltou a dormir e vigiou Paul a noite toda.

Conversou com ele e contou toda a sua vida, ora rindo de suas histórias, ora chorando.

— Eu te amo, meu amor! Fique bom logo, iremos namorar muito. Não me deixe sozinha, meu grande amor — Mary falava segurando na mão de Paul.

Capítulo Treze

Toc.. Toc.. Toc..

— Entre — respondeu Moisés.

— Bom dia! — Mary apareceu na porta mais abatida que tudo.

— Você está bem, minha querida?— perguntou Moisés assustado com a aparência de Mary.

— Não dormi bem, mas estou bem — respondeu abraçando-o e dando um beijo em sua bochecha.

— Sente-se, querida — ele falou olhando para ela e cruzando as mãos em cima da mesa.

— Preciso de alguns dias de licença. Somente três dias — ela falou começando a chorar.

— Oh! Querida! — Moisés foi ao seu encontro e sentou-se ao seu lado em outra cadeira, abraçando-a. — O que houve? — ele era cuidadoso e carinhoso, como um pai deveria ser.

— Moisés, finalmente encontrei o amor da minha vida — ela falou fungando.

— Mas isso é maravilhoso! Não é motivo para choro e sim comemoração. — Ele falou sorrindo.

— Ele está muito mal na UTI, querido — eu o operei ontem — ela recomeçou a chorar e soluçar.

Moisés a abraçou e disse:

— Tire o tempo que você precisar e use todos os recursos e médicos disponíveis neste hospital. Remova mundos e fundos e salve esse sortudo. — Ele falou bravamente.

— Obrigada, meu amigo — Mary levantou-se.

— Faça tudo o que estiver ao seu alcance, querida. Deus está no comando agora. Ele protegerá seu amor. — Moisés falou com tanta convicção que Mary saiu de lá com muita esperança de que Paul ficaria bem.

— Como ele está? — perguntou sua mãe na visita da UTI.

— Ele não está bem, Dona Aurora, mas tenhamos fé em Deus. — Respondeu Mary consolando Aurora que a abraçava chorando.

— Não conseguirei perder outro filho — falou soluçando.

— Calma! Nós estamos aqui com toda a assistência, ficará tudo bem. Eu vou passar a noite aqui com ele — ela disse sorrindo para Aurora.

— Muito obrigada, Dra. Mary, por estar fazendo isso pelo meu Paul.

— Por favor, me chame de Mary.

— Ok. Obrigada, Mary!

De madrugada Paul apresentou febre e ficou muito agitado querendo retirar o tubo de respiração. Mary mandou amarrá-lo e dar um antitérmico juntamente com algo para acalmá-lo.

Após três dias que Paul estava no hospital, Mary desceu para falar com seus pais e irmã.

— Hoje iremos começar a desmamar, Paul, ou seja, iremos tirar a sedação devagar para poder fazer a retirada do tubo. Vamos ver como ele reage a isso.

Voltando para junto de Paul na UTI, Mary conversava o tempo todo com ele.

— Vai ficar tudo bem, meu amor. Você sairá dessa. Mary falava com carinho, sempre passando a mão em seu cabelo, rosto e braço. Ela queria que ele sentisse a presença dela.

— Hoje eu vou te contar como foi difícil fazer medicina, eu enfrentei muitos obstáculos.

Após três dias retiraram o tubo dele.

Paul reagiu bem à retirada do aparelho e respirava sem ajuda. Isso foi uma grande vitória.

— Como está o seu grande amor, minha querida? — Moisés entrou no Box da UTI perguntando e dando um abraço fraternal em Mary.

— Graças a Deus está reagindo bem, Moisés. Obrigada, querido! — ela o encarava com ar de cansada.

— Você não acha melhor ir para casa e descansar um pouco? Eu vou pedir para alguém ficar o tempo todo com ele. Confie em mim — Moisés era calmo e ela concordou em ir para casa, tomar um banho e dormir um pouco, com a promessa de que se houvesse qualquer alteração Mary seria chamada imediatamente.

— Querida, sossega o seu coração. Ele vai ficar bem.

Mary abraçou Moisés por longos minutos e sentiu uma paz imensa, viu que realmente Paul ficaria bem.

Mary foi para casa e ela mal entrou em seu apartamento o interfone tocou, era Jason.

Ela respirou fundo e pediu para o porteiro deixá-lo entrar.

— Oi, Jason — cumprimentou Mary segurando a porta.

— Eu fiquei preocupado, você não atendeu mais seu celular — ele falou dando um beijo na testa de Mary e reparou o quanto ela estava abatida e cansada.

— Entre — vamos conversar aqui — chamou ela para a sacada.

— Está tudo bem, Mary? — ele a olhou chocado com a aparência dela.

— Jason, não tivemos tempo de conversar sobre isso, e penso que esse seja o melhor momento. — Ela falou olhando em seus olhos.

— Tudo bem, querida, eu sei que não há amor entre nós e sim uma grande amizade.

— Oh, querido! Não quero jamais te magoar. Essa nunca foi a minha intenção — falou cabisbaixa.

— Não está me magoando. Mas há coisas que sentimos antes mesmo de serem ditas — ele deu um sorriso fraco.

— Eu sei — ela disse.

— Vamos continuar amigos, certo? — ele brincou piscando para ela.

— Sim. Amigos para sempre — ela sorriu.

— Então eu vou embora que tenho um cliente aqui perto. Passei aqui por ser meu caminho e queria ver como estava tudo.

— Está tudo bem. Desejo tudo de melhor nessa vida para você, Jason — ela falou meigamente.

— Eu desejo o mesmo para você. Se cuide!

— E Jason, obrigada por esse lindo apartamento. — Ficou realmente maravilhosa a decoração.

— Sim. Ficou muito bom.

Despediram-se com um abraço e dois beijos na bochecha.

Mary correu para o banheiro e tomou um banho morno e aconchegante. Deitou em sua cama de roupão e no mesmo instante dormiu. Acordou de madrugada, eram 4:00 da manhã.

Ligou correndo no hospital e eles informaram que Paul estava bem e não tinha febre.

Mary respirou aliviada.

Ela voltou a trabalhar normalmente nas cirurgias e consultório e Paul ainda estava dormindo, sem sinais de que acordaria tão cedo. A preocupação de Mary era ele ter sequelas em sua memória.

Já estava na UTI há dois meses.

— Vou ficar com ele um pouquinho antes da minha cirurgia. Vá tomar um lanche, volte daqui a uma hora, tá bom? — Mary falou para a enfermeira que estava com Paul.

Mary pegou na mão de Paul e começou a conversar baixinho com ele.

— Meu amor, eu estou começando a ficar muito chateada com você. Abra esses lindos olhos e me dê um sorriso bonito. Vamos? Tenha fé… Você conseguirá. Eu estarei aqui — ela falou olhando para ele.

Quando Mary virou para pegar a cadeira e colocar perto da cama, ouviu:

— Mary? — Paul falou com voz fraca abrindo os olhos.

— Meu amor! Você me ouviu! — Mary chorava e o beijava em sua testa.

— Estou me sentindo tão fraco e doente. O que houve comigo? — ele perguntou virando devagar para Mary e olhando sonolento para ela.

— Você sofreu um acidente de carro e passou muito mal. Mas tudo ficará bem — ela disse, pegando em sua mão.

— Mamãe está lá embaixo? — ele perguntou baixinho.

— Sim. Você quer vê-la? Ela está muito preocupada com você, querido.

— Eu gostaria de vê-la e tranquilizá-la de que ficarei bem logo — ele disse baixo e sonolento.

— Vou mandar chamá-la.

Dona Aurora subiu o elevador chorando, achando que seu filho tinha morrido. Estava nervosa e apreensiva.

Lavou as mãos, passou álcool e colocou o jaleco descartável para entrar na UTI.

— O que foi, Mary? — ela entrou apressada, limpando os olhos com um papel toalha.

— Não chore, dona Aurora, ele pediu para vê-la. Mas dormiu de novo. — Mary estava muito feliz e a abraçou.

— Oh! Isso é maravilhoso, Mary! Estou muito feliz — A mãe de Paul se aproximou e pegou a mão do filho.

— Meu filho! Como você está? — ela se abaixou e beijou sua testa.

Paul abriu seus lindos olhos azuis e deu um sorriso amarelo e fraco.

— Mamãe! — disse com grande dificuldade e tornando a dormir profundamente.

Aurora chorou agarrada em Mary, que a tranquilizou de que tudo ficaria bem.

Os dias passaram voando e Paul foi se recuperando. Estava cada dia melhor.

Após três meses e meio de UTI, finalmente, tinha passado para o quarto há sete dias.

— Precisa ter um pouco mais de paciência, Paul — Mary falava para ele meigamente.

— Mary, quero ir para casa. Você estará lá também e mamãe já disponibilizou a funcionária dela para cuidar de mim, estarei bem — ele falava argumentando com Mary que em sua casa ele ficaria melhor.

— Realmente hospital é foco de infecções. Eu vou analisar tudo e, se tudo correr bem, amanhã te darei alta. Alta hospitalar, não é para sair por aí dirigindo e já querendo ir trabalhar.

— Posso trabalhar Home Office? — ele perguntou sorrindo.

— Quando você se tornou tão lindo? — perguntou Mary sorrindo e dando um beijo em seus lábios.

— Obrigado, Mary, por ser você! — ele se emocionou e a abraçou.

— Eu te amo, querido, e nunca tive tanto medo na vida — ela era pura doçura.

— Eu também te amo, Mary! — ele a puxou até seus lábios e a beijou com amor e ternura. Foi um beijo cheio de amor, desejo e saudade.

— Você por favor fique bem comportado aí — ela disse se desvencilhando com delicadeza.

— Está tudo bem, Mary, eu estou me sentindo bem. — Paul estava corado, bem disposto e muito magro, mas Mary concluiu que daria alta para ele na manhã seguinte.

— Está certo, vou trabalhar e, antes de voltar para casa, darei uma passada aqui para ver você novamente.

Mary ligou para dona Aurora e contou a novidade, pediu para ir buscá-lo às 9:00 da manhã. Ela tinha cirurgia e não poderia levá-lo em casa.

— Tudo bem, minha querida, você já fez mais do que deveria. — Aurora seria muito grata a Mary por ter cuidado tão bem de seu filho — ela pensou feliz.

Paul foi para casa e todos os dias Mary dormia com ele em sua grande e espaçosa cama. Ainda não estava liberado para fazerem amor, mas Mary estava ansiosa por isso, e Paul também.

Quinze dias passaram voando e Paul já trabalhava a todo vapor em casa e com o celular o tempo todo.

Em dois meses seria o casamento de Wagner e Debby, e ele e Mary seriam padrinhos. Ele estava feliz pelo amigo.

— E então, Wagner, ansioso? — perguntou Paul indicando ao amigo a poltrona perto dele.

— Não me lembrava que casamento dava tanto trabalho — falou Wagner sorrindo de orelha a orelha.

Era muito bom ver seu amigo sorrindo de novo.

— Debby é linda, cara! Muito talentosa e divertida — Paul falou sorrindo também.

— Sim. Ela é tudo isso e muito mais, Paul. Está dando super certo com as crianças, às vezes até esqueço que ela está em casa, sabia que ela joga videogame melhor que Tadeu? Os quatro jogam e me deixam do lado de fora e é uma gritaria sem fim em casa — ele estava falando e balançando a cabeça.

— Jamais pensei que seria feliz novamente — Wagner falou com os olhos marejados — ela me faz querer lutar mais e mais.

— Está fazendo todos os gostos dessa linda mulher? — perguntou Paul sorrindo.

— Teremos até um camelo no nosso casamento! Diga se isso não é fazer o gosto dela? — Wagner ria de alegria.

— Sim. Sim — falou Paul sorrindo também.

— E você e Mary? Como estão? — perguntou o amigo tomando sua limonada gelada.

— Estamos bem. Vou pedi-la em casamento, Wagner — ele falou sorrindo.

— Já? Tem certeza disso? — Wagner estava provocando Paul.

— Ela é a mulher da minha vida.

— Dá para perceber isso — os dois amigos riram juntos.

Conversaram por mais uma hora e Wagner voltou para sua empresa.

Capítulo Catorze

Mary estava ansiosa para ir para casa, tomar um banho e ir para a casa de Paul.

Eles tinham muitas coisas em comum e a conversa entre eles fluía tão bem que eles não viam a hora passar.

Eles realmente se amavam muito — pensou Mary tomando o elevador.

— Ok. Debby, eu te aguardo então amanhã aqui — falou Paul muito entusiasmado.

— Espero que você saiba o que está fazendo, Paul — falou Debby sorrindo e feliz pelo amigo.

— Tenho certeza disso, Debby — até amanhã e muito obrigado.

— Pode contar sempre comigo, Paul — falou Debby desligando.

Paul ligou para a joalheria de seu amigo e ficou acertado de encontrá-lo na tarde seguinte.

Mary não tinha liberado Paul para dirigir ainda, mas ele já se sentia bem e iria dirigindo até a joalheria e depois daria uma passada rápida pelo escritório.

Mary não iria ficar sabendo de nada — ele pensou feliz.

— Sim, querido! Estarei em cirurgia a tarde toda — falou Mary para Paul.

— Pensei que poderíamos almoçar juntos — ele disse esperançoso.

— Sinto muito, meu amor, mas hoje será impossível — ela disse pesarosa. Sabia que ele estava se sentindo solitário mas, o trabalho deles requer dedicação e profissionalismo.

Paul chegou à joalheria por volta das 13:50. Seu amigo já o aguardava.

— Como você está, Paul? — Andy veio ao seu encontro quando este abriu a porta.

— Estou bem melhor — respondeu sorrindo e já sentando-se na cadeira mais próxima.

— Você já pode dirigir? — perguntou preocupado.

— Estou me sentindo ótimo — respondeu Paul sorrindo.

— Então vamos lá para o fundo, tenho peças maravilhosas que sei que te agradarão — falou ele andando na frente com um Paul ansioso e feliz atrás.

— Com certeza acharei algo lindo para Mary.

— Claro! — vamos ver aqui.

Os anéis de noivado e as alianças já estavam todos sobre um cobertor vermelho em uma grande mesa. Eram mais ou menos quinze anéis.

Paul ficou encantado com todos e havia uma moça com mãos lindas e unhas perfeitas para colocá-los para que o cliente pudesse ter uma noção da joia no dedo de suas noivas.

Paul ficou deslumbrado por vários anéis e decidiu levar um anel e uma aliança. Ambos lindos e muito caros.

Mas Paul tinha muito dinheiro e isso não era problema. Pagou a vista e guardou a caixinha em seu bolso do paletó.

Passou em seu escritório e todos o abraçaram. Não viu Debby em lugar nenhum e resolveu deixar a ansiedade de lado e aguardar a amiga, no outro dia em sua casa.

Despediu-se de todos, voltou para casa e colocou uma roupa confortável e começou a trabalhar ardentemente em seus processos. Nem viu a hora passar e Mary entrar em casa.

— Paul? — chamou Mary da escada.

— Estou aqui querida, em meu escritório. — Respondeu Paul fechando seu computador e levantando-se para receber Mary de braços abertos.

— Hum… — você está tão cheiroso — ela falou beijando a boca dele.

— Você também está cheirosa — ele disse retribuindo o beijo.

Os dois começaram a ficar excitados e acabaram na cama se amando com muito cuidado e muitas saudades.

Mary se aconchegou em Paul e fechou seus olhos. Dormiu imediatamente e Paul a olhou sorrindo.

— Eu te amo, Mary! — ele falou baixinho.

Mary não ouviu nada.

Paul a deixou dormindo, apagou a luz e desceu para fazer um lanche. Não acordaria Mary, sabia que o dia tinha sido puxado e ela estava cansada.

Ele fez um lanche rápido e quando já ia subir Mary apareceu na escada.

— Acordou, dorminhoca! — brincou Paul — venha fazer um lanche.

— Eu já lanchei, meu amor, obrigada! — falou Mary meigamente. — Antes de subir eu passei em casa, tomei banho e fiz um lanche. — Desculpe ter dormido.

— Que isso! Deu para relaxar um pouco?

— Sim. Descansei. Podemos ficar aqui conversando se você quiser — ela disse já sentando-se no grande sofá da sala.

— Podemos, sim! Aceita uma taça de vinho?

— Seria ótimo, Paul. Obrigada!

Paul pegou o vinho e as taças e eles se acomodaram no sofá, confortavelmente.

— Querida, posso voltar a dirigir? — preciso retomar a minha vida no escritório — ele falou olhando para ela.

— Como você se sente? — ela perguntou tomando um gole de vinho.

— Eu estou ótimo e pronto.

— Então tudo bem. Evite freadas bruscas e qualquer tipo de batida — essa última recomendação ela falou sorrindo e dando uma piscadela para ele.

— Ainda bem que enquanto eu estava no hospital, Wagner providenciou outro carro para mim.

— O seguro ligou?

— Sim. Foi perda total mesmo. Como eu sobrevivi a isso? — ele olhou nos olhos dela.

— Acho que você gosta muito de viver — ela disse sorrindo.

— Sim, mas eu não entendo… foi muito violenta a batida.

— Você sobreviveu porque você lutou, Paul, e quem luta pela vida muitas vezes consegue.

— Às vezes tinha a impressão de ouvir sua voz muito longe — ele disse.

— Sim. Eu conversava com você o tempo todo. Eu te contei toda a minha vida — ela riu.

— Eu me lembrarei de tudo, com certeza — ele falou sorrindo e tomando seu vinho.

— Difícil dizer, você estava em coma induzido e acho praticamente impossível se lembrar.

— Mary... eu sentia o seu amor por mim e eu lutei por você — ele disse abraçando-a. — Muito obrigado, querida, por ter lutado por mim com tanto afinco.

— Eu te amo, Paul, me desespero só em pensar em perder você.

— Você não irá me perder querida — ele disse beijando seu cabelo.

— Eu sei — ela fechou seus olhos e curtiu aquele momento pertinho dele e agradeceu a Deus mentalmente.

Os dois terminaram o seu vinho e foram para a cama. O dia seguinte seria de muito trabalho para ambos.

Debby chegou pontualmente às 15:30 e o porteiro avisou que ela estava subindo.

— Boa tarde, Paul! — falou Debby dando um beijo carinhoso no rosto dele.

— Boa tarde, querida! Obrigado por vir — ele falou sorrindo.

— O que eu não faço por você, hein?

— Então vamos nos sentar ali na sacada e combinar tudo — falou Paul ansioso.

Eles conversaram por quase uma hora e Debby se levantou sorridente e confiante.

— Espero que você não se esqueça, Debby — ele falou olhando sério para ela.

— Claro que não! Imagina! — ela sorria de orelha a orelha.

— Me passa agora o endereço da mãe dela e eu já vou lá neste minuto, aproveito que já estou na rua e Mary em cirurgia — eles riram por confabularem pelas costas de Mary.

Paul passou o endereço, agradeceu Debby por tudo e a acompanhou até a porta.

— Obrigado, querida! De verdade — falou Paul emocionado.

— Vai ser lindo e muito romântico. Vocês, homens, estão ótimos em nos pregar surpresas — ela riu e foi para o elevador.

— Paul terminou suas petições e um Recurso que teria o prazo vencido se não tivesse ido ao escritório no dia anterior. Ninguém havia se lembrado dele.

Perder prazos era péssimo para qualquer advogado, e Paul nunca deixou um prazo vencer.

Ele resolveu pedir uma deliciosa lasanha para eles jantarem.

— Boa noite, meu amor! — ele cumprimentou Mary assim que ela entrou em seu apartamento.

— Nossa! O que é tudo isso? — ela perguntou admirada.

Paul tinha arrumado uma mesa muito elegante, tinha até flores em um vaso.

— Fiquei com vontade de te surpreender com algo bonito — ele sorriu abraçando Mary, que já tinha tomado banho e estava cheirosa e fresquinha.

Ele a beijou apaixonadamente e sem resistirem um ao outro, fizeram amor, tomaram outro banho e foram jantar.

Paul se sentia feliz e realizado.

— O tempo passa tão rápido! — Mary falou.

— O que você tem em mente?

— Amor, faltam dois meses para o casamento de Wagner e Debby — falou Mary arregalando os olhos.

Paul riu dela e disse:

— Já providenciou sua roupa de madrinha?

— Vou olhar isso amanhã, no intervalo entre uma cirurgia e outra. Tenho duas horas de folga e vou correr no Maison Ateliê para dar uma olhada nas novidades.

— Meu terno já está sendo confeccionado e se tudo correr bem eu o terei em alguns dias.

— Wagner e Debby formam um belo casal — comentou Mary. — Você os tem visto? — perguntou Mary.

— Não! — foi a resposta de Paul. — Não contou que Debby tinha ido naquele dia em sua casa.

Continuaram a comer e depois Mary ajudou Paul a lavar os pratos e guardá-los. Eles formavam uma bela dupla — pensou Mary.

Capítulo Quinze

Finalmente chegou o grande dia.

Mary e Paul já estavam se posicionando juntamente com os outros padrinhos. O cerimonialista estava dando as instruções a todos eles.

— Mamãe! Que surpresa agradável! nem sabia que você seria convidada — falou Mary ao avistar sua mãe elegantemente vestida em um vestido longo azul escuro, lindíssimo.

— Boa noite, querida! — respondeu sua mãe abraçando Mary e a beijando de leve no rosto. Cumprimentou Paul com um abraço e um beijo também.

— Pois é. Aqui estou — ela deu um sorriso maroto.

Mary ficou contente de ver a mãe presente, mas não entendeu quem a convidou e para não ser indiscreta não fez nenhuma pergunta.

Wagner e Debby teriam como damas de honra as duas filhas de Wagner e Tadeu entraria com o pai na igreja.

Primeiro entraram todos os padrinhos do lado da noiva e do noivo. Alternando entre um e outro. Cada casal se sentaria em volta do altar formando ao todo seis casais. Três de cada lado.

Mary e Paul foram o terceiro casal a entrar e todos acharam que eles estavam perfeitos.

Todos os padrinhos estavam vestidos iguais e as mulheres cada uma com uma cor diferente.

Mary estava com um vestido belíssimo de um verde magnífico destacando assim, seus lindos olhos verdes.

Wagner entrou de mãos dadas com seu filho Tadeu e aquela foi uma cena linda de se ver.

Debby estava simplesmente maravilhosa!

Que noiva linda! Era o que todos comentavam ao vê-la entrar de braços dados com seu irmão Jason, já que seu pai já havia falecido.

O casamento foi lindo e as palavras do padre tocaram o coração de todos os presentes.

Mary chorou o casamento todo.

A recepção foi dada em um espaço enorme com música ao vivo e muita animação.

A música cessou e todos pararam para observar o músico que batia no microfone com a ponta dos dedos, para que todos olhassem para o palco.

— Atenção! Atenção! — chamou o cantor ao microfone.

Todos pararam e olharam para ele.

— Agora a noiva vai jogar o buquê de flores e pediu para que todas as solteiras ficassem aqui perto do palco.

— Fique na frente, Mary, quem sabe você não consegue pegar o buquê e fisgar esse homem maravilhoso? — sua mãe disse sorrindo e piscando para ela.

— Eu vou mesmo — falou uma Mary linda e sorridente.

Paul estava muito nervoso e a mãe de Mary falou segurando em seu braço.

— Vai dar tudo certo, filho — ela deu um sorriso simpático e apertou o braço de Paul.

Ele balançou a cabeça e sorriu.

— Todas estão aqui? — perguntou Debby sorrindo e olhando todas as mulheres.

— Sim... — elas responderam sorrindo e gritando.

— Então eu vou jogar esse meu maravilhoso buquê e quem pegar será a próxima a casar — Debby falava e ria. — Se preparem, meninas.

Todas as solteiras se aglomeraram para tentar pegar o buquê de Debby.

Ela fez menção em jogar duas vezes e não jogou e as meninas gritavam e riam como nunca.

— Jogue logo! Jogue logo! — elas gritavam na maior farra.

Debby fez menção de jogar uma terceira vez, depois se virou de frente para as garotas e foi ao encontro de Mary, a quem entregou o buquê.

Mary se assustou e, na mesma hora, Paul se ajoelhou em frente a ela.

— Mary, amor da minha vida, quer se casar comigo?

Paul estava de joelhos e com uma caixinha aberta com um magnífico anel de noivado.

Mary colocou as duas mãos na boca e começou a chorar, olhando para Paul, e todos estavam estarrecidos com a linda cena de Paul de joelhos.

— Sim... sim... meu amor — Mary respondeu.

Paul levantou-se, colocou o anel no dedo de Mary e a levantou em seus braços rodopiando com ela na pista. Todos bateram palmas ao som de Viva! Viva!

Debby abraçou Mary e as duas sorriam feito bobas. Wagner veio e abraçou seu amigo e todos festejaram, a música recomeçou e eles foram dançar juntinhos.

Wagner e Debby também estavam dançando e a felicidade era notável nos rostos de todos eles.

— Quando você teve tempo de combinar tudo isso? — Mary estava radiante de tanta felicidade. — Por isso mamãe está aqui? — ela perguntou sorrindo.

— Sim. Eu não poderia pedir a mulher da minha vida em casamento sem a presença da mãe, não é mesmo? — ele a abraçou mais e os dois se beijaram apaixonadamente.

— Quero ter um monte de filhos — Paul disse sorrindo e provocando-a.

— Eu também quero um monte de filhos — ela ria e dançava com ele.

— Obrigado, amor, por ser você. — Paul estava emocionado demais.

Mary pensou em sua vida e agradeceu a Deus mentalmente. Fechou seus olhos rodopiando na pista de dança com Paul e soube que seria realmente muito feliz.

Paul a abraçou forte e disse ao seu ouvido, com voz rouca e apaixonada.

— Eu queria fazer amor com você agora, minha noiva linda e sexy — ele a abraçava e beijava sua face perto do ouvido.

Mary arrepiava dos pés à cabeça e se encostava mais e mais em Paul.

— Querida, estou tendo uma ereção — falou afastando-se um pouco de Mary para não passar vergonha.

Mary sorria de felicidade e alegria por saber que Paul ficava todo excitado com ela.

— Eu te amo, meu amor! — disse Mary beijando seus lábios.

— Eu te amo, amor da minha vida — respondeu Paul olhando em todo o seu rosto e parando os olhos em seus lindos lábios.

Eles se beijaram e ali souberam que o amor entre eles iria transpor quaisquer obstáculos que pudessem vir pela frente.

Os pais de Paul interromperam a dança dos dois para abraçá-los e beijá-los.

— Você não poderia me deixar mais feliz, Mary — a mãe de Paul falou abraçando carinhosamente Mary.

— Sejam muito felizes — disse o pai de Paul, abraçando os dois emocionado.

Os dias passaram voando e tanto Mary como Paul trabalhavam sem cessar. Paul estava envolvido em uma grande causa e levava todos os dias trabalho para casa.

Mary continuava com seu apartamento e dormia na casa de Paul, eles definitivamente encontraram o amor.

—- Querido, amanhã estarei indo a Chicago. — Mary falou para Paul.

— Aconteceu alguma coisa? — ele perguntou abraçando Mary e dando um beijo em sua boca.

— Vou acompanhar Sissy — ela disse emocionada.

— O Dr. Moisés tem sorte de ter você, Mary — ele falou amando aquela mulher extraordinária.

— Eu não posso negar nada a ele, Paul, além de ser um pai para mim eu os amo como tal.

— Eu sei, querida! Faça o melhor que puder.

— Voltarei em dois dias, se tudo correr bem — ela disse beijando Paul.

— Sentirei saudades de você. Eu te amo Mary! — falou Paul abraçando-a e sentindo seu coração apertado por ela ir a Chicago.

— Eu também te amo, Paul! Nunca se esqueça disso. — Ela falou meigamente.

Mary saiu cedo e apenas deu um beijo em Paul e correu para seu apartamento para tomar banho e fazer uma pequena mala. Seriam apenas dois dias.

Moisés avisou Mary que estaria no voo, em seu avião particular, o sobrinho de um grande amigo. Ele iria com elas.

— Você se incomoda, querida? — perguntou Moisés para Mary.

— Não, Moisés, está tudo bem — ela respondeu solícita.

Mary e Sissy entraram no avião e constataram que iriam viajar com elas três rapazes.

Eles a cumprimentaram e voltaram a ficar quietos.

O voo duraria cerca de duas horas e meia.

No meio da viagem, quando já estavam a uma hora viajando, um dos rapazes começou a debater-se e colocar a mão no peito dizendo estar sentindo grande dor no braço e no peito.

Mary levantou correndo de seu assento.

— Respire fundo — Mary disse ao rapaz, já ao lado da poltrona dele.

A aeromoça veio assustada e perguntou o que poderia fazer para ajudar.

— Ele está com sintomas de quem está prestes a ter um ataque cardíaco. — Falou Mary preocupada.

— Devo chamar o comissário? — perguntou a moça torcendo as mãos de nervoso.

— Chame, sim — um dos rapazes respondeu já junto de Mary.

A aeromoça bateu na cabine e o comissário olhou no olho mágico. Viu quem era e abriu a porta da cabine.

— Aconteceu alguma coisa? — perguntou ele na porta.

Antes mesmo da moça responder, os outros dois rapazes levantaram com duas pistolas na mão e o terceiro que fingia estar passando mal, levantou e empurrou Mary para a poltrona.

Mary gritou e caiu no chão. Tentou levantar, mas o rapaz colocou o pé em sua coxa e disse:

— Fique aí mesmo. Prestem atenção, todos vocês! Esse avião está sendo sequestrado e se todos se comportarem nada irá acontecer, do contrário, eu vou começar a matar gente, entenderam? — ele falava em alto e bom som e já foi tirando o comissário da frente da porta e entrando na cabine.

— Você irá dar meia volta e vai voar mais baixo para não sermos detectados pelo radar. Qualquer ato de heroísmo, você morre e o cara ali assume. FUI CLARO? — ele gritou.

— Eu já entendi — disse o piloto suando, supernervoso e tremendo.

Sissy, apavorada demais, desmaiou.

— Posso olhar a minha amiga? — perguntou Mary.

—Não! — foi a resposta curta e grossa.

— Ela está doente, com câncer e não está bem, por favor — Mary implorou.

— Tudo bem, mas seja rápida.

— Sissy… Sissy… Mary dava tapinhas em seu rosto e pegava em seu pulso. Estava muito fraco.

— Precisamos pousar, ela pode morrer. Está quase sem pulso — Mary falou olhando para eles apavorada.

Os rapazes se entreolharam e um deles disse.

— Se tiver chegado a hora dela, ela vai morrer. Não iremos parar em parte alguma.

— Posso pegar água para ela? — Mary pediu.

— Pode! Sem brincadeiras, viu?

Mary apenas balançou a cabeça, concordando que tinha entendido.

— Beba, Sissy — Mary tentou reanimar Sissy mas ela não dava ar de melhoras.

— Você tem álcool? — perguntou Mary à aeromoça.

— Temos — ela respondeu tremendo.

— Nada de álcool — pega um Whisky para ela.

Mary balançou a cabeça dizendo que servia.

A moça correu no compartimento do avião, pegou uma garrafinha de Whisky e entregou a Mary.

Mary colocou na boca de Sissy e a fez engolir, prendendo o nariz dela com os dois dedos.

Sissy tossiu e voltou a si.

— Fique calma, querida, eu estou aqui — falou Mary mansamente, segurando a mão dela.

— O que farão com a gente, Mary? — perguntou Sissy apavorada.

— Não sei, querida, vamos aguardar.

Mary estava tremendo da cabeça aos pés, ela sabia que raramente as testemunhas sairiam vivas de um sequestro.

Pensou em sua mãe, Paul e Moisés e encheu os olhos d'água.

Discretamente Mary enfiou a mão no bolso de seu casaco e colocou seu celular no silencioso. Sabia que a última mensagem que tinha mandado era para Paul e tentou se lembrar como entrar nas mensagens sem olhar.

Não sabia se estava mandando mensagens ou o que, mas escreveu SSOCOOORRO.

Ela não saberia dizer se escreveu certo ou não, se em algum momento Paul iria ver e se ele entenderia, nada estava certo.

Retirou a mão do bolso discretamente e ficou ao lado de Sissy segurando sua mão.

Capítulo Dezesseis

O avião já tinha virado e Mary não conseguia dizer para onde estavam indo.

Rezava para que houvesse realmente internet no avião de Moisés e que a mensagem chegasse até Paul.

A tensão era grande no avião e Mary pedia a Sissy que ficasse calma que tudo ficaria bem, mas nem ela mesma tinha certeza disso.

Eles estavam perdendo altura e logo estariam posando. Mary não tinha certeza de nada e se sentia aflita.

Enquanto isso no hospital.

Toc… toc… toc..

— Entre — respondeu Moisés levantando a cabeça e encarando a assistente de Mary.

— Com licença, Dr. Moisés — falou a moça na porta.

— Sim. Algum problema? — perguntou levantando de sua cadeira.

— Não sei, Dr. Moisés, recebi essa mensagem da Dra. Mary e não sei o que fazer — falava a moça enquanto mostrava o celular a Moisés.

— SSOCOOORRO.

— Quando foi isso? — perguntou preocupado.

— Foi há pouco tempo, como eu estava ocupada eu não olhei o celular. Foi há cerca de uma hora — ela disse olhando Moisés nos olhos.

— Então eles já estavam voando — falou Moisés pensativo.

— Eu creio que sim.

— Vou tentar descobrir o que está acontecendo... obrigado!

Moisés sentou-se e ficou preocupado. Resolveu ligar no aeroporto para ver se o avião tinha decolado bem.

— Sim, Dr. Moisés. Foram três rapazes também. Decolou certinho e no horário previsto.

— Não sabia que seriam três rapazes — Moisés falou ao rapaz da torre, seu amigo há muitos anos. — Tem como você se comunicar com o avião?

— Tem, sim. Vou entrar em contato agora mesmo e retorno para o senhor.

— Muito obrigado, Javier. — Moisés desligou o telefone e ligou para Paul.

— Alô?

— Paul, tudo bem? Aqui é Moisés — falou apressado.

— Tudo bem? Aconteceu alguma coisa? — Paul notou preocupação na voz do médico.

— A assistente de Mary recebeu uma mensagem dela pedindo socorro, você recebeu algo?

Paul gelou da cabeça aos pés.

— Não — ele falou apreensivo — tem certeza disso?

— Entrei em contato com a torre do aeroporto e eles vão falar no avião e saberemos daqui a pouco, eu te retorno com mais notícias. Obrigado, Paul.

— Por favor, quando souber notícias, me avise. Ficarei ao aguardo.

Paul se despediu de Moisés, encostou em sua cadeira no escritório e sentiu um aperto no coração.

Meu Deus, permita que nada aconteça com a minha Mary — fez sua prece silenciosa e fechou os olhos.

— Alô? — atendeu Moisés na primeira chamada.

— Dr. Moisés, estamos sem comunicação com o avião e ele não está no radar. Devem estar voando muito baixo e o piloto e comissário estão incomunicáveis.

— Meu Deus! Eu não entendo, Javier.

— Você conhece os três rapazes que foram com elas? — perguntou o rapaz do outro lado da linha, demonstrando preocupação.

— Não. Um amigo pediu para dar carona ao sobrinho dele, não sabia que seriam três, achei que era somente um sobrinho. Vou ligar para meu amigo e saber mais. Eu entro em contato assim que conseguir.

Enquanto isso, no avião:

— Cher — chamou um dos rapazes que tinha amarrado o comissário e a aeromoça.

— Sim? Tudo bem aí? — o outro perguntou levantando o rosto.

— Alguém aqui deu um alerta — falou ele olhando para Mary.

— Como assim? — o outro perguntou nervoso.

— A torre tentou comunicação com a gente.

— Me dê seu celular — o rapaz pediu ao comissário.

— Está na cabine — ele respondeu todo amarrado.

— Onde está o seu? — perguntou para a aeromoça.

— O meu está na bolsa dentro do compartimento à esquerda — falou com medo.

— Onde está o seu celular? — olhou furioso para Mary.

Mary não respondeu nada.

O rapaz apalpou o bolso do casaco de Mary e pegou o celular. Balançou o celular na frente dela e disse;

— Reze para você não ter alertado ninguém, sua vagabunda. — FALE A SENHA — o rapaz gritou.

Mary se assustou e na hora falou a senha. *Estavam nas mãos de Deus* — ela pensou abaixando a cabeça e fazendo uma oração.

Sissy estava apavorada e tremia.

— Ela pediu socorro — o rapaz mostrou para o outro.

— Sua VADIA — falou o rapaz desferindo um tapa na cara de Mary com toda força. Ela caiu da cadeira tamanha a força do tapa. — Eu te avisei, não foi? — ele pegou a arma e colocou na cabeça de Mary.

Mary começou a tremer toda e se encolheu apavorada.

— Cher? — chamou o outro — deixa disso, eles não podem nos rastrear, estamos quase descendo e não vamos matar ninguém hoje.

O rapaz retirou a arma da cabeça de Mary e ela respirou aliviada chorando. Antes disso deu um chute na barriga de Mary e ela deu um grito de dor.

Mary estava marcada no rosto, o tapa tinha sido tão violento que ficou a marca das costas da mão do rapaz. Estava ardendo muito e começou a inchar.

Mary tocou seu rosto e olhou para Sissy. Ela estava chorando também.

Elas nada poderiam fazer.

O avião pousou em uma pista de terra dentro de uma fazenda, só havia mato. Mary não sabia onde elas estavam. A pista era curta e o piloto teve que fazer um malabarismo para que o pouso fosse feito sem ninguém se machucar.

Dois deles desceram e pegaram uma espécie de rádio, onde ficaram conversando lá fora por muito tempo.

— Tudo certo — falou um rapaz alto para o que ficou vigiando no avião.

— Vamos descer. Depressa! depressa! — falou já pegando no braço de Sissy e a levantando com grosseria. Ela cambaleou e ele gritou — NÃO DÊ UMA DE VÍTIMA. Anda, anda...

Sissy estava assustada e Mary foi junto para segurar em sua mão e ajudá-la a descer as escadas.

A aeromoça também estava solta e foi levada junto com Mary e Sissy. Somente o piloto e comissário permaneceram no avião.

O rapaz armado mandou elas entrarem mata adentro e elas obedeciam, tropeçando em galhos e Sissy caiu uma vez e Mary a ajudou. Estavam sendo tratadas como animais e Mary estava aterrorizada, devido à saúde de Sissy ser muito frágil.

Chegaram em uma cabana no meio da mata e o rapaz empurrou a aeromoça na frente para ela abrir a cabana.

— Abra aí! ANDA! — gritou o rapaz.

A aeromoça tremia da cabeça aos pés e não acertava enfiar a chave na fechadura. O rapaz deu um soco em sua cabeça arremessando a moça para o lado, ela caiu e Sissy gritou.

— CALA A BOCA, SUA VELHA TONTA — gritou colérico.

— ENTREM LOGO, RÁPIDO! — ele gritava alto e histérico.

A cabana era uma verdadeira fortaleza, toda gradeada e com madeiras grossas e bem firmes. O rapaz as empurrou para dentro, o outro rapaz chegou com os pertences delas, menos os celulares, jogou tudo no chão e eles saíram e trancaram a grande porta por fora.

Assim que Mary viu que eles não estavam mais lá ela tentou abrir a porta, constatou incrédula que nunca conseguiriam abrir aquela porta.

— E agora Mary, o que faremos? — Sissy perguntou tremendo, chorando e apavorada.

— A primeira coisa a fazer é ficarmos calmas e pensar no que poderemos fazer. Não adianta ficar tremendo e exasperadas.

— Qual o seu nome? — ela perguntou para a aeromoça que não parava de chorar.

— Meu nome é Brenda.

— Brenda, pare de chorar porque você terá uma dor de cabeça imensa — falou Mary delicadamente. — Não adianta chorar e muito menos ficarmos agitadas, vamos tentar sair daqui para avisar alguém. — Mary falava passando os olhos pela cabana.

— Não sabemos onde estamos — falou Brenda já limpando os olhos e assoando o nariz no lenço.

— Isso é verdade — Mary pensava e pensava em alguma solução. Resolveu olhar toda a cabana.

Havia suprimentos para, no mínimo, uma semana e ela ficou preocupada.

A água era pouca, por isso teriam que economizar, pois poderiam ficar sem. Isso era sinal de que estavam preparados para deixá-las ali por um longo período. Não tinha lugar para tomar banho e havia um lugar dentro da cabana, que era apenas um buraco com uma tábua em cima, tipo uma fossa. Ali elas teriam que fazer suas necessidades. Havia pouco papel higiênico.

— Vou ser bem franca com vocês, porque eu tenho que ser. Precisamos economizar água, papel higiênico e a comida. Pelo tanto de comida que tem aqui, eles pretendem nos deixar aqui por um bom período, talvez por uma semana, eu não sei. Aquele espaço ali, será onde faremos nossas necessidades.

Sissy começou a chorar e Mary a abraçou.

— Querida, você precisa ser forte agora — Mary falava devagar e passando as mãos em suas costas. — Com certeza alguém recebeu o meu pedido de socorro e já estarão atrás de nós.

— Espero que você esteja certa, Mary — Sissy falou emocionada.

Paul chegou apavorado e correndo ao hospital e foi direto para a sala de Moisés. Moisés estava andando de um lado para o outro feito um animal enjaulado e muito nervoso.

— Sente-se, Paul — falou Moisés retirando o celular da orelha. — Estou tentando falar com o meu amigo, tio do rapaz que foi com elas para Chicago.

Moisés estava aguardando seu amigo receber o celular, ele estava jogando golfe e o rapaz do golfe, iria levar o aparelho até ele.

— Diga, Moisés, tudo bem? — falou o outro alegremente.

— Davi, seu sobrinho deu notícias? Já chegaram a Chicago? — perguntou Moisés, apavorado.

— Que sobrinho? Não estou te entendendo, Moisés. Está tudo bem?

Moisés sentou-se mais branco que neve e ficou com a boca aberta.

— Moisés, você está aí? — falou o amigo do outro lado da linha.

Paul percebeu o choque de Moisés e pegou o celular de sua mão. Moisés estava com os olhos estatelados e sem nenhuma ação.

— Alô? Aqui é Paul, minha noiva foi no avião com seu sobrinho, queremos saber se chegaram bem a Chicago.

— Não estou entendendo, Paul — falou Davi. — Não sei que sobrinho meu que foi a Chicago.

— Então eu não entendo — falou Paul. — Vou passar para Moisés.

Moisés, por favor, reaja — Paul falou balançando Moisés.

Moisés saiu do transe e pegou o telefone da mão de Paul. Ele tremia bastante.

— Davi? Você não pediu para eu dar carona ao seu sobrinho no meu jatinho? — Moisés perguntou um pouco mais alto.

— Não! Meus sobrinhos não tem negócios em Chicago. O que está acontecendo, Moisés? — perguntou o amigo preocupado.

— Obrigado, Davi — depois falo com você. Moisés desligou o celular e olhou para Paul.

— E então? — Paul falou aguardando uma resposta.

— Paul, acho que houve um grande engano e coloquei todos eles em apuros.

— Me conte tudo, por favor — Paul estava preocupadíssimo e precisava arrancar alguma coisa de Moisés.

— Davi me ligou, agora sei que não foi ele, e pediu se eu poderia levar, no meu jatinho, o sobrinho dele para Chicago, já que ele tinha negócios lá. — Moisés contava a história, muito pensativo. — Não sei o que aconteceu, Paul.

O celular toca e Moisés atende.

— Alô? Não chegou? Meu Deus! Sim, ficaremos aguardando.

— O que foi?

— O avião pode ter sido sequestrado, não pousou em nenhum aeroporto.

— Vou ligar para meu pai, ele é aposentado da Polícia Federal. — Falou Paul já pegando o celular e falando com seu pai.

Paul e seu pai conversaram por vinte minutos e ele deu todas as informações, perguntando vez ou outra para Moisés.

— Sim. Já eram para ter chegado há três horas. Obrigado, pai — falou Paul nervoso. — Pode deixar que falo, sim.

Desligou o celular e olhou para Moisés.

— O mais provável é que foram realmente sequestrados — falou Paul, arrasado e infeliz.

Moisés sentou-se abalado e consternado e sem nenhuma reação — estava em completo choque.

— Moisés tem alguém que eu possa chamar, para te fazer companhia, enquanto vou a casa de meus pais? — perguntou Paul, preocupado com ele, devido a idade.

— Não se preocupe, Paul — vou começar a orar e Deus trará de volta as nossas mulheres, sãs e salvas — ele falou olhando em seus olhos.

— Te darei notícias assim que possível.

— Ok. Obrigado, Paul.

Capítulo Dezessete

Paul estava com seu pai na casa dele. Andava de um lado para o outro, sem saber onde e a quem recorrer. Seu pai falava ao telefone.

— Calma, filho! ficará tudo bem — sua mãe falou levando um copo de limonada para ele.

— Mãe, não posso perder o amor da minha vida — Paul sentou-se no sofá e chorou.

Sua mãe sentou-se ao lado dele no braço do sofá e o abraçou.

— Vai ficar tudo bem querido, tenha mais um pouco de fé.

Paul levantou-se sem pegar a limonada, seu estômago estava embrulhado e ele não queria comer e nem beber, ele queria Mary. *Por favor Deus, olhe pela minha Mary* — ele pedia mentalmente enquanto seu pai estava ao telefone, com alguém da CIA.

— Ok. Ficaremos aguardando mais notícias. Muito obrigado, Will. — Seu pai desligou o celular e foi falar com Paul.

— E então, pai? — perguntou com os olhos vermelhos e arregalados.

— Sente-se, Paul. Vamos conversar — seu pai estava sério e com cara de muita preocupação.

— Segundo Will, que trabalha na CIA, há um grupo de radicais que estão fazendo terrorismo aqui nos Estados Unidos. Ele não pode dizer para mim que grupo é esse. Eles realmente sequestram aviões pequenos que possam ser pousados em matas e estradas pequenas, não importando se os tripulantes são salvos ou não. Eles estão atrás desse grupo há muito tempo, mas eles são espertos e não cometeram nenhum deslize até agora.

— E como faremos? — Paul perguntou mais angustiado e assustado ainda.

— Ele vai fazer contato e tomar outras providências, Paul. Teremos que ficar calmos e aguardar.

— Pai, Mary está com eles — Paul falava andando desgostoso.

Seus pais se entreolharam e seu pai disse.

— Se você não tiver calma e sangue frio, você acabará tendo um infarto. Isso pode durar dias, Paul — seu pai falou tentando acalmá-lo.

— E até lá, o que podemos fazer?

— Nada! Nada! Aguardaremos o contato de Will, ele vai dar notícias assim que souber de algo. Agora está nas mãos de Deus e de mais ninguém.

— Ficarei aqui com vocês — ele falou tristemente, pegando sua limonada e tomando de um só gole.

Mary procurava de todas as maneiras uma saída para aquela situação, mas a cabana era muito bem feita e parecia ser de aço. A madeira era grossa e forte. Ela resolveu inspecionar o que havia de louças na cabana e ficou decepcionada ao constatar que não tinha nada pontudo.

Não deixaram uma faca sequer para que não pudessem furar as tábuas.

— Pense, Mary... pense... — ela falava mentalmente.

O fim da tarde chegou e Mary e Brenda arrumaram algo para as três comerem. Economizaram água o que puderam com medo de faltar.

Foram dormir cedo, pois não havia nada a fazer, estavam trancadas e isoladas. Havia apenas duas camas e Mary dormiu em um sofá pequeno demais para ela.

Já estavam há três dias trancadas e sem banho. Sissy tinha passado mal e Mary fazia tudo para deixá-la mais confortável.

— Pegue aquela bacia e encha de água. Brenda, não coloque muita água para economizar.

Mary deu um banho de gato em Sissy para deixá-la mais fresquinha, o calor era insuportável e havia apenas uma janela pequena cheia de grades e alta. Ninguém conseguiria alcançá-la subindo na cadeira. Nem mesmo Mary que era relativamente alta.

— Brenda, eu tive uma ideia, quem sabe dê certo — falou Mary olhando para ela.

— Pode falar, Dra., farei o que for preciso.

— Eu vou me agachar e você subirá em meus ombros, se segure bem na parede para não cair, vamos ver se você consegue ver lá fora e nos atualizar de como está a situação. Repare bem se há alguém lá fora, certo?

— Ok.

Mary foi para debaixo da janela e abaixou de frente para a parede, ela precisava se apoiar na parede também, para não cair.

Brenda se apoiou em Mary e subiu nos ombros dela, mas como não havia nada para segurar, caiu quatro vezes.

— Não vamos desistir, Brenda. — Falou Mary esperançosa.

— Eu posso ajudar — falou Sissy levantando-se lentamente e muito fraca e segurando uma mão de Brenda e ela apoiou a outra na parede.

— Tem certeza de que você consegue, Sissy? — perguntou Mary apreensiva.

— Eu consigo — respondeu fraca.

Com muita dificuldade Mary conseguiu se erguer e Brenda segurou firme nas grades da janela, suspendeu mais os pés o que machucou o ombro de Mary, mas ela não disse nada.

— O que você vê, Brenda? — perguntou Mary sem fôlego.

— Não tem ninguém lá fora, nem um carro, mas eu vejo uma luz a certa distância, deve estar longe porque está bem fraca.

— Ok. Vou me abaixar para você descer e nós três vamos pensar em algo.

Mary foi abaixando-se devagar para que Brenda pudesse descer e sempre apoiada em Sissy.

— Muito bem, vamos ver se há alguma possibilidade de furarmos o chão, ou seja, fazer uma abertura em algum lugar para que eu possa sair e procurar ajuda.

— Eu acho muito arriscado, Mary — Sissy falou torcendo as mãos. — Se chegar alguém, nós estaremos mortas. Esse pessoal não é de brincadeira.

— Ou vamos todas ou não vai ninguém — Brenda falou.

— Ok. Ok. Vamos bolar um plano, então.

Enquanto isso, em outro lugar, havia pelo menos vinte e cinco pessoas trabalhando com grande quantidade de C4, sendo usado para fazer bombas e o avião seria usado como transporte. Um dos três rapazes morreria com o piloto, isso ficou bem claro, pois o avião seria jogado em algum prédio da cidade. Todos os três se ofereceram para ir, não tinham medo da morte.

O piloto e o comissário estavam apavorados, tinham família e não queriam morrer.

Ambos estavam sob a mira de metralhadoras.

As pessoas no galpão faziam bombas, coletes de bombas e muitas outras coisas para serem usadas em locais com grande aglomeração de turistas.

O avião sequestrado serviria para levá-los de um lugar para outro e ao final da missão, eles se lançariam em algum prédio.

O objetivo era fazer o maior número possível de vítimas e apavorar as pessoas.

O trabalho para fazer o mal era intenso e não dava trégua.

Brenda achou uma colher que talvez servisse para cavar um buraco, iria demorar muito, pois a colher era pequena, mas se elas não tentassem iriam morrer ali.

Mary escolheu um lugar para fazer o buraco, onde elas pudessem esconder com algum móvel, caso alguém aparecesse.

Sissy não tinha condições nenhuma de fazer o mínimo de esforço.

Mary jamais iria deixar. Mary rasgou um vestido seu que estava dentro de sua pequena mala e fez uma atadura na mão dela e de Brenda, para que não criassem bolhas e elas tivessem que parar de cavar.

Começaram a furar o chão perto de um balaio que estava jogado a um canto. A terra era muito dura e a água era muito pouca para ser desperdiçada molhando a terra.

Ela e Brenda não conseguiram furar nada com a colher, era muito pequena e logo ficou toda torta.

Mary estava desesperada, porque sabia que elas iriam morrer ali dentro, se não fosse de fome, seria de desidratação. Ela sabia que ninguém voltaria para libertá-las.

Tudo que pensava não dava certo. Estava começando a ficar desanimada e não havia nada na cabana que pudessem usar para libertarem-se.

— Brenda, como é a janela? Achou muito dura?

— Não sei, Dra., não tive a oportunidade de olhar, apenas segurei nas barras, que eram de ferro, não tem como quebrá-las.

— Comece a olhar cada canto dessa cabana, Brenda, eu também farei o mesmo, veja se encontra algo em que possamos usar para sair daqui.

— Ok — respondeu a moça, já vasculhando tudo.

— Não encontrei nada — ela disse após um tempo.

— Nem eu — olharam para Sissy que estava dormindo.

— A cama é feita de quê? — perguntou Mary, chegando ao lado da cama.

Brenda olhou e falou:

— Ela é de ferro.

— Talvez possamos desmontá-la e usar alguma peça, o que você acha?

— Pode ser que dê certo — respondeu a moça esperançosa.

— Vamos esperar Sissy acordar e desmontamos a cama — Mary falou preocupada com Sissy.

— Ela vai ficar bem? — Brenda perguntou baixinho.

— Ela é uma mulher forte e pode ser que consiga, mas não posso afirmar nada. Ela tomou muita medicação e está fraca.

— Pode dar a minha parte da comida para ela, Dra. Eu consigo me manter sem comer por dois dias. — Ela falou.

— Obrigada, Brenda! Espero não precisar fazer isso.

Mary admirou a solidariedade de uma moça tão nova e a admirou por isso.

Finalmente, no fim da tarde, Sissy acordou e Mary a alimentou com o que achou melhor, pois não havia muitas opções e nada estava quente, pois não havia fogão.

A comida que eles deixaram ou era comida fria ou não comiam e era tudo pré-fabricado.

— Sente-se ali, querida — falou Mary carinhosamente.

— Vamos desmontar a cama para ver se acharemos algo, Brenda. — Falou Mary já tirando o colchão.

Olharam a cama toda e decidiram retirar uma das barras de ferro, para poder furar o chão ou tentar abrir a porta, foi tudo inútil. A barra não servia para nada e Mary não sabia mais o que fazer.

Já estavam em cárcere há sete dias, pelas contas de Mary.

— Vamos deitar, agora não adianta tentar mais nada. Já está ficando escuro e daqui a pouco não conseguiremos ver mais nada.

— Amanhã bem cedo tentaremos alguma coisa — falou Mary cansada.

— Tudo bem, Dra. Mary — falou Brenda.

— Por favor, Brenda, troque de cama com Sissy, ela não aguentará se abaixar para deitar no colchão no chão. — Falou Mary olhando pesarosa para Sissy, que estava cada dia mais magra e fraca.

No outro dia, antes de tudo, Mary chamou Brenda para retornarem ao serviço para tentar uma saída. Sissy dormia.

— Vamos tentar a porta de novo. Quem sabe conseguiremos uma maneira de abrir.

Mary analisou a fechadura da porta e não entendia nada de fechaduras. Mas teve uma ideia.

— Vamos tentar retirar o miolo da chave e ver no que dá. — Ela falou esperançosa.

Com muita dificuldade e após duas horas tentando desenroscar os quatro parafusos, com a colher toda torta e unhas quebradas, sujas e suadas, ela e Brenda conseguiram retirar o miolo e foram empurrando a lingueta com um pedaço de ferro bem pequeno, que fazia parte da cama desmontada.

Cinco horas depois, exaustas e com as mãos e dedos todos feridos, as duas mulheres finalmente conseguiram abrir a porta.

— Graças a Deus — respondeu Sissy.

— Sissy, você acha que vai dar conta de andar? Não sabemos o que há lá fora e nem se conseguiremos achar qualquer coisa que seja.

— Eu vou tentar, Mary, por Deus que eu vou tentar.

Respiraram o ar da floresta e Mary levantou os olhos para o céu agradecendo a Deus e pedindo proteção.

— Brenda, vamos pegar alguns lençóis e amarrar no ombro e na cintura e fazer uma espécie de sacola para levarmos comida e água. Não podemos sair sem nada.

As duas mulheres amarraram um pedaço de pano em Sissy para que ela levasse coisas leves como o casaco de frio de cada uma. Mary e Brenda levaram a única garrafa d'água e toda a comida que estava na cabana, o que era muito pouca e Mary pegou também uma barra de ferro da cama e deu uma para Brenda, caso encontrassem com algum animal.

Elas precisavam se defender.

As três mulheres começaram a andar no rumo do sol, mas a noite chegaria rápido e elas não tinham sequer uma lanterna, nada para clarear a noite.

Continuaram andando na esperança de encontrar uma estrada e quando já estavam andando a cerca de quatro horas, Sissy se sentou em uma pedra e falou:

— Mary? — chamou Sissy sem ar — estou muito cansada e não vou conseguir, vá você e Brenda, eu fico aqui esperando ajuda.

Mary olhou para a floresta e jamais deixaria Sissy sozinha ali.

— Não. Vamos descansar um pouco, nos alimentar e seguiremos, a estrada não está muito longe, tenho certeza disso.

Retiraram a água e os alimentos e comeram, deixando a maior parte da comida para Sissy.

Quando estavam se preparando para sair, apareceram dois homens armados.

Elas levaram o maior susto do mundo e ficaram as três encolhidas agarradas uma à outra sem saber como reagir aos dois estranhos.

— O que vocês fazem aqui? — um dos homens perguntou apontando a arma para elas.

— Estamos fugindo, fomos sequestradas e estávamos presas em uma cabana. Por favor, nos ajudem! Vocês serão bem recompensados. — Falou Mary, desesperada.

O segundo homem olhou bem para Mary que estava suja e descabelada, mas a reconheceu na hora.

— A senhora é a Dra. Mary? — ele falou abaixando a arma.

— Sim. Sou eu mesma. Você me conhece? — ela perguntou relaxando um pouco.

O homem levantou a blusa e mostrou um grande corte na barriga, do lado direito.

— A senhora me salvou e cuidou de mim no hospital, quando eu fui baleado. Nós vamos ajudá-las.

Mary começou a chorar compulsivamente e se jogou de joelhos aos pés do homem agradecendo. Ela estava tendo um colapso.

O homem a pegou, a abraçou e disse:

— Não se preocupe, doutora, eu vou retribuir tudo o que a senhora fez por mim. Você lutou pela minha vida e eu vou lutar pela sua. Chegou a hora de retribuir.

— Vamos depressa, antes que apareça alguém — falou o outro homem ajudando Sissy, que estava muito fraca.

Como Sissy não conseguia mais andar, o homem pediu licença e a colocou no ombro de cabeça para baixo.

— Será por pouco tempo, a nossa camionete está logo ali do outro lado.

Sissy foi carregada até chegar no carro e eles a deitaram por cima de uma lona na carroceria.

Mary e Brenda sentaram espremidas na frente com os dois homens.

Capítulo Dezoito

Assim que tiver sinal eu te darei o meu celular para vocês se comunicarem com a família — falou Joan, o homem que Mary havia salvado.

— Muito obrigada, Joan, não sei como agradecer por isso.

Assim que pegaram a estrada e o celular deu sinal, o homem parou a camionete no acostamento e deu o celular na mão de Mary. Mary digitou os números, tremendo muito.

— Alô? — atendeu Paul apavorado.

— Paul? Sou eu — disse Mary, que em seguida começou a chorar.

— Mary? Onde você está, meu amor? — falou Paul nervoso e aterrorizado.

— Meu amor! Graças a Deus! Estamos bem, eu vou passar o telefone para o Joan que nos resgatou na floresta e ele te dirá onde estamos. Por favor, dê notícias para Moisés. Não temos tempo de conversar — falou Mary passando o celular para Joan.

— Boa noite, sim. Ah! Estamos muito longe mesmo. Melhor mandar um avião. A senhora que está com elas não está nada bem. Darei todas as coordenadas para você e vamos levá-las até o combinado.

— Muito obrigado, Joan, você será muito bem recompensado. — Falou Paul.

— Não quero dinheiro senhor. Há muitos anos a Dra. Mary me salvou e hoje o destino fez com que nos encontrássemos para eu poder retribuir. Não se preocupe, nós cuidaremos delas.

— Obrigado, amigo, você terá sempre o meu respeito e minha gratidão.

— Muito grato! — respondeu Joan emocionado.

Joan deu todas as coordenadas de onde deveria descer o avião, uma pista curta e de terra, no meio do nada.

—Sim... sim... foi pura sorte tê-las encontrado. Nunca sobreviveriam sozinhas na mata. Há grandes animais selvagens — Joan foi explicando a Paul.

Paul ligou imediatamente para Moisés.

— Moisés? — Paul falou eufórico. — Mary deu notícias e precisaremos de um avião ou um helicóptero para irmos buscá-las. Paul não esperou para ouvir a voz de Moisés e já foi falando.

— Desculpa — ele ouviu uma voz de mulher — esse celular é do Dr. Moisés, ele teve um infarto ontem pela manhã e está em estado grave na UTI. Com quem eu falo, por favor.

— Meu Deus! Meu nome é Paul e sou noivo da Dra. Mary. Ela está com a esposa de Moisés, a Sissy.

— Como elas estão, Paul? — Perguntou ela chorando. — Eu trabalho com o Dr. Moisés há vinte e cinco anos. Meu nome é Clarah.

— Segundo a pessoa que falou comigo, Sissy não está nada bem. Muito fraca — respondeu Paul, tristemente. — Sinto muito por Moisés!

— Vou providenciar um helicóptero grande para que você também possa ir — falou com a voz embargada de emoção. — O Dr. Moisés deixou bem claro que a prioridade era fazer tudo que fosse possível para salvar a esposa e a Dra. Mary — disse a moça muito triste.

— Obrigado, Clarah, vai dar tudo certo — Paul falou desligando o celular.

— Papai — chamou Paul e foi depressa ao seu encontro.

Seu pai na mesma hora comunicou a CIA e ficou meia hora no telefone.

— Graças a Deus! — Paul disse abraçando seu pai e sua mãe.

Clarah ligou e já tinha providenciado o helicóptero e Paul pediu ao seu pai que o acompanhasse.

— Eu estou muito abalado, papai.

— Irei com você, filho — seu pai respondeu solícito já colocando o paletó do terno.

— Vamos para o aeroporto — Paul falou saindo na frente.

Enquanto estavam indo para o aeroporto Paul ligou para a mãe de Mary e deu a notícia que estava a caminho para buscá-las.

— Sim. Estava tudo bem — ele garantiu.

A mãe de Mary agradeceu chorando.

Paul desligou o celular e logo em seguida tocou.

— Alô? — Paul atendeu e era Clarah.

— Paul? Não tenho boas notícias... — ela falou, começando a chorar.

— O que foi, Clarah? — Paul estava apavorado e seu pai dirigia com pressa para o aeroporto.

— O Dr. Moisés teve outro infarto e veio a óbito. Sinto muito.

— Meu Deus! Melhor não contarmos agora para Sissy, ela não está bem. Tem alguém que você possa chamar para tomar todas as providências? — perguntou Paul, arrasado.

— Eu cuidarei de tudo, porque o contato de emergência tanto do Dr. Moisés quanto de Sissy é o da Dra. Mary.

— Ok. Sinto muito, Clarah — Paul falou.

— Está bom, obrigada! — ela desligou chorando muito.

Conhecia os dois há trinta anos e os amava como se fossem seus pais. *Será muito doloroso para Sissy* — ela pensou chorando. Os dois eram um casal super unidos.

— O que aconteceu, Paul? — seu pai perguntou assim que Paul desligou o seu celular.

— Moisés acabou de falecer, não resistiu a outro infarto — Paul estava triste e não sabia como iria falar para Mary. Mary o amava como a um pai.

O pai de Paul segurou sua mão dando forças ao filho.

Chegaram o mais rápido possível e foram direto para a pista.

O helicóptero era grande o suficiente para carregar seis pessoas.

Como era para resgatar reféns estava equipado com todos os primeiros socorros.

— Tudo bem? — cumprimentou Paul, pegando na mão do piloto.

— Você está com as coordenadas que o rapaz te passou? Tenho que comunicar a torre e pedir autorização para decolarmos.

— Estão todas aqui. — Paul entregou tudo e ficou aguardando andando de um lado para o outro.

— Calma, filho! Vai dar tudo certo. — Seu pai falou andando atrás de Paul.

— Oito dias, papai, nem posso imaginar como elas sobreviveram a isso... Malditos sequestradores de uma figa — falou Paul, com ódio.

Sissy não estava nada bem e Mary estava muito preocupada com o estado de saúde dela. Ela precisava urgentemente de uma UTI.

— Joan, não tenho como agradecer a você — falou Mary pegando na mão do homem e chorando mais uma vez.

Ela achava que era forte e conseguiria enfrentar qualquer parada, mas oito dias sem tomar banho, sem comer direito e desidratada foi demais para todas elas.

— Tudo ficará bem, Dra. Mary — Joan era paciente e tinha uma voz calma e segura.

— Venha tomar um banho, eles vão demorar para chegar. Aqui tem alguns macacões de funcionários, se a senhora não se importar de colocar — ele falou tímido. — Eles estão limpos e passados.

— Não me importo, realmente preciso de um banho. — Ela falou agradecida.

Mary foi para o banheiro da pequena cabana no meio da floresta e tomou um banho da cabeça aos pés. Joan disse que ela não precisaria se preocupar com a água, pois vinha do rio e havia bastante.

Mary ficou meia hora debaixo do chuveiro e agradeceu a Deus. Tinha perdido alguns quilos, mas estava viva — pensou chorando novamente.

— Brenda — chamou Mary ao sair do banheiro já limpa e vestida com um macacão marrom de homem. Estava folgado, mas estava limpo.

— Vá tomar banho, vou providenciar uma maneira de dar banho em Sissy. Você me ajuda? — perguntou Mary.

— Claro, Dra. Mary, vou tomar banho e venho ajudá-la.

— Sissy ... Sissy — chamou Mary.

Mas Sissy nada respondeu, já estava entrando em coma. Mary chorou de soluçar e Brenda veio ao seu alcance e a abraçou, já tinha tomado seu banho e vestia um macacão também.

— Acho que ela não irá escapar. — Falou Mary chorando. — Moisés ficará arrasado — Mary chorou por muito tempo e elas foram limpar Sissy que também vestiu um macacão.

O pulso de Sissy estava muito fraco e era questão de horas para ela falecer.

— Sissy...minha querida, segunda mãe — Mary falava chorando e segurando em sua mão. — Perdão por não ter pensado em abrir aquela porta antes... perdão! — Mary chorava sem consolo e Joan bateu na porta avisando que estava ouvindo barulho de um helicóptero.

— Vamos sair dessa querida! Por favor, resista. — Mary falava baixinho e passava a mão no braço de Sissy que já estava ficando gelada. Ela sabia que a morte já estava à espreita.

— O helicóptero vai posar, Dra. Mary — Joan falou.

Mary saiu com Brenda logo atrás e viu a máquina potente baixando, imaginou a dor que Moisés sentiria.

— Mary — Paul desceu do helicóptero a abraçando com força. — Meu amor! — ele falou chorando.

Mary também chorou muito e falou:

— Onde está Moisés? Ele não quis vir?

Antes mesmo que Paul pudesse responder, Joan veio correndo.

— Dra. Mary há algo errado com a Sra. Sissy.

Mary largou Paul e correu para dentro da cabana.

— Sissy... — chamou Mary chorando. — Não me deixe, Sissy, fique comigo... Mary chorava desesperada e Paul a abraçou.

Sissy deu seu último suspiro.

— Oh, Deus! O que vou dizer a Moisés? — ela chorava e se balançava toda, apertando Paul em seus braços.

— Querida… — falou Paul passando as mãos em suas costas. Eles estavam sozinhos na cabana, todos estavam do lado de fora.

— Sim — ela percebeu a voz dele — aconteceu alguma coisa?

— Sim. Moisés teve dois infartos e faleceu hoje de manhã.

Mary abraçou Paul e chorou de soluçar e compreendeu que talvez tenha sido melhor para Sissy — ela não iria lutar contra o câncer se tivesse sobrevivido.

Eles foram lá para fora e Mary abraçou o pai de Paul. Ele notou o quanto ela estava mais magra, mas não disse nada.

Todos ajudaram a arrumar o corpo de Sissy que foi constatado estar mesmo em óbito. Foi anotado a hora e dia e Mary estava triste e infeliz.

Pegaram o helicóptero de volta e Paul prometeu retribuir tudo o que Joan fez, mesmo diante de todo o protesto do homem.

Mary estava exausta física e mentalmente.

— Alô? — atendeu Clarah, o celular de Moisés.

— Clarah, não tenho boas notícias — falou Paul.

— O que aconteceu, Paul? — a voz dela era de preocupação.

— Infelizmente, Sissy não resistiu e veio a óbito também — falou ele emocionado.

— Meu Deus! Até nisso eles foram unidos — Clarah chorava.

— Desculpe ter dado a notícia assim, mas estamos quase chegando e gostaria de saber se você pode mandar a funerária buscá-la, para que ela e Moisés possam ser cremados juntos.

— A Dra. Mary vai atestar o óbito? — ela perguntou chorando muito.

— Sim. Ela vai fazer isso. Passaremos em casa enquanto isso, para Mary tomar um banho e trocar de roupa.

— Tudo bem. Jamais pensei que iríamos ter que fazer isso. Estou desolada — falou Clarah, chorando.

— Muito triste mesmo, Clarah. Meus sentimentos a todos vocês — Paul desligou o celular e abraçou Mary que estava arrasada e deprimida.

— Em meio a tudo isso — falou o pai de Paul — temos uma boa notícia.

— O que foi, papai? — Paul perguntou olhando para seu pai e gritando devido o barulho.

— Os sequestradores foram todos presos. A CIA descobriu onde eles estavam pela localização da cabana que Joan passou para eles — o pai de Paul estava contente. — Pela quantidade de C4 encontrado, eles pretendiam fazer um verdadeiro genocídio.

— Os três foram presos? — perguntou Mary.

— Eram vinte e cinco pessoas ao todo, Mary — respondeu o pai de Paul.

Mary balançou a cabeça. Não tinha ânimo para mais nada.

Capítulo Dezenove

Paul e Mary foram para casa. Mary estava em choque pela morte de Moisés e de Sissy.

Ainda não estava acreditando em tudo que havia acontecido.

Paul entrou com ela em seu apartamento e de lá mesmo pediu comida para os dois.

Mary tomou banho, colocou uma roupa confortável e deitou em sua cama, ela estava muito abatida e melancólica.

— Querida... — ele falou sentando na cama ao lado dela — vamos para minha casa. Eu também preciso de um bom banho e a comida vai chegar em alguns minutos. Eu não quero deixá-la sozinha.

Mary balançou a cabeça, concordando. Ele pegou em sua mão e foram juntos para a cobertura.

— Deite aqui, meu amor, eu já volto — ele falou muito carinhoso com ela.

Mary ficou deitada na cama de olhos abertos. Paul tomou um banho rápido e avisou ao porteiro que Lêda, a mãe de Mary, estava chegando, para deixá-la subir.

A campainha tocou e ele correu para abrir a porta.

— Graças a Deus você chegou, Lêda. Mary não está nada bem.

— Ela amava muito Moisés e Sissy. Eles a conhecem desde que ela se formou e fizeram tudo por ela.

— Ela não falou uma palavra, Lêda, estou muito preocupado. Você acha que devemos chamar um médico? — perguntou Paul, indeciso.

— Não. Mary é assim mesmo, quando ela fica triste ela se fecha. Vamos dar um tempo para ela aceitar o luto e se for preciso a gente intervém.

— Suba, querida. Estou esperando a comida para ver se ela come. Acho que ficará feliz em vê-la.

Lêda subiu e ficou na porta espiando sua filha tão frágil deitada na grande cama de Paul.

— Mary... — ela se aproximou e Mary levantou-se e sentou na cama, abraçou sua mãe chorando e soluçando, balançando o corpo para frente e para trás.

— Calma, querida. Eu estou aqui. Fique calma.

Mary derramou todas as lágrimas e ficou bem mais calma — sua mãe era o que ela precisava naquele momento, e Paul foi maravilhoso em chamá-la.

— Estou tão abalada e triste, mamãe. Como fomos perder os dois em um só dia!? Eu não entendo isso.

— Pois eu entendo — disse sua mãe olhando nos olhos de Mary e pegando em sua mão.

— Como? — Mary perguntou de olhos vermelhos, inchados e arregalados — Você entende? — perguntou Mary.

— Querida, Moisés e Sissy tinham um amor além do físico. Eles se amavam com a alma e o espírito. O envolvimento dos dois era mais espiritual que carnal. Você acha que eles conseguiriam sobreviver longe um do outro? Eu tenho certeza que não.

— Pensando assim … — Mary começou a refletir e viu que sua mãe tinha razão.

— Deus fez um favor a Moisés, pode ter certeza disso. Sissy não iria ficar muito tempo, com a saúde frágil como estava. E você sabe disso, certo? — sua mãe olhou para ela.

— Sim. A saúde dela estava bem debilitada e ela já estava sofrendo com enjoos e outras coisas. Ela não sabia, mas já estava com metástase.

— Então, filha. Ela tinha muita vida, não merecia apenas viver por viver. Eles agora estão juntos e felizes, tenho certeza disso — disse sua mãe.

— Obrigada, mamãe! — Mary abraçou a mãe.

— Vamos descer, querida, não é justo fazer isso com Paul. Ele está preocupado e pediu comida.

— Está bom. Pode ir que descerei em seguida — falou Mary mais conformada.

Lêda saiu e Mary colocou os pés para fora da cama. Teria que reagir e aceitar a morte dos amigos.

— Amo vocês, meus amores, e jamais irei esquecê-los. Vocês sempre estarão em meu coração. Até um dia, queridos — Mary falou emocionada.

— Mary… — chamou Paul indo abraçá-la. — Como você se sente? — ele era carinhoso e cuidadoso.

— Estou melhor, querido. Obrigada por ter chamado mamãe. — Mary o abraçou e deu um beijo em seus lábios.

— Eu te amo, Mary! — Paul falou encostando a testa dele na testa dela.

— Eu também te amo, meu amor — ela falou emocionada.

Ao abraçar Paul, ela sentiu que ele havia perdido muito peso também.

A comida chegou e Paul arrumou a mesa com três pratos.

Mary descobriu que estava faminta e foi ótimo ter comido uma comida quente e gostosa.

— Está bem alimentada? — perguntou Paul colocando a mão sobre a sua.

— Estou — Mary falou delicadamente.

Eles conversaram um pouquinho evitando a todo custo falar sobre o sequestro e a morte dos amigos.

Mary estava cansada e ficou sonolenta. Paul sugeriu que ela fosse deitar e Lêda se ofereceu para fazer companhia para ela, até ela dormir.

Depois de colocar Mary na cama e lhe dar um beijo, ele arrumou o quarto de hóspedes para Lêda e desceu para ligar para seus pais.

— Mamãe — falou Paul reconhecendo de imediato a voz de sua mãe.

— Estava tão preocupada, querido. Como está Mary? — sua mãe perguntou solícita.

— Eu chamei a Lêda para passar a noite aqui e Mary parece estar melhor depois que viu a mãe. Ela conseguiu comer um pouco e agora foi para o quarto.

— Que bom, Paul, estava muito apreensiva com tudo isso. Graças a Deus passou — falou sua mãe.

— Papai pode falar? — Paul perguntou.

— Vou chamá-lo — disse sua mãe despedindo de Paul com tantas recomendações que seria impossível guardar todas.

— Paul — disse seu pai.

— Papai, como estão as coisas, o que os prisioneiros disseram? — Paul perguntou ansioso.

— Will me falou que não pode comentar a operação comigo — seu pai disse terminando a conversa.

— Ok.

— Meu filho, o estrago teria sido muito grande se tivessem usado todo aquele arsenal que havia na cabana.

— Eu posso imaginar mesmo, embora eu não entenda nada sobre isso.

— O funeral será quando? — perguntou seu pai, mudando de assunto.

— Amanhã às 10:00.

— Estaremos lá.

Paul despediu-se de seu pai e foi dar uma olhada em Mary. Ela estava dormindo e sua mãe estava sentada em uma poltrona no quarto de Paul com ela.

— Venha conversar um pouco, Lêda — chamou Paul, baixinho.

Ela balançou a cabeça e saiu do quarto.

Os dois desceram e foram para a sacada.

— Você aceita uma taça de vinho? — Paul perguntou educadamente.

— Aceito, sim. Obrigada!

Paul serviu o vinho e se sentou em uma poltrona confortável de frente para Lêda.

— Aqui é muito bonito Paul, e tem uma vista maravilhosa!

— Sim. Foi o que mais me atraiu nessa cobertura.

— Amanhã será um dia difícil para Mary — disse sua mãe pensativa.

— Sim. Ela os amava muito.

— Como você sabe Paul, eu criei Mary sozinha e foi com muitas dificuldades. Ela conheceu Moisés antes mesmo de pensar em ser médica. Acho que de certa forma Moisés a influenciou na profissão. Ele a chamou para trabalhar no hospital e ainda não era dono de parte dele e muito menos diretor. Era um cirurgião extremamente competente e Mary aprendeu muito com ele.

— Eles não tiveram filhos? — perguntou Paul tomando um gole de vinho.

— Não. Sissy teve um câncer no útero e teve que retirar tudo, foi assim que eles se conheceram. Ele se apaixonou pela paciente.

— Lêda sorriu ao lembrar dessa história comovente. — Eles realmente se amavam muito mesmo. — Ela ficou com os olhos marejados de lágrimas.

— Mary dizia mesmo. — Ele respondeu.

— Moisés considerava Mary como uma verdadeira filha. Eles a amavam também — falou Lêda terminando o seu vinho.

— Eu vou me deitar, Paul, hoje foi um dia cansativo. Obrigada por tudo! — Lêda sorriu para Paul e se levantou.

— Eu amo a sua filha e isso nunca vai mudar.

— Eu sei, e ela também ama você. Boa noite!

— Boa noite, Lêda.

Capítulo Vinte

O dia amanheceu triste e cinzento.

Mary abriu seus olhos e olhou Paul dormindo ao seu lado.

— Ele realmente está mais magro — ela pensou.

Levantando-se devagar para não acordá-lo, calçou seu chinelo de quarto e desceu.

Encontrou sua mãe procurando a panela de fritar ovos e bacon.

— Já de pé, mamãe? — Mary perguntou aproximando-se e dando um beijo em sua mãe.

— Bom dia! Como você passou a noite? — sua mãe perguntou encarando-a.

— Foi uma noite cheia de pesadelos e muita tristeza, mas eu consegui dormir. Estava muito cansada — Mary falou meigamente e muito abalada.

— Acho que foi melhor assim, você não acha? Moisés não sobreviveria sem Sissy. — Falou sua mãe colocando ovos mexidos e bacon no prato para Mary.

— Mamãe não sei se conseguirei comer — ela disse cabisbaixa.

— Tente comer um pouquinho, querida. Farei para Paul também — sua mãe falou sorrindo para Mary.

Lêda era calma, meiga e passava tudo isso para Mary. O ambiente estava tranquilo e Mary comeu tudo sem nem perceber.

— Obrigada, mamãe — Mary falou abraçando a mãe.

— Bom dia! — entrou Paul na cozinha, deu um beijo nos lábios de Mary e um na bochecha de Lêda.

— Bom dia! — elas responderam.

— Como passou a noite, meu amor? — Paul perguntou olhando para Mary que estava magra demais.

— Passei bem, embora esteja muito abalada com tudo isso.

— É normal querida. — Ele a abraçou e beijou sua cabeça.

— Vou para casa me arrumar para o funeral — Mary falou e foi se afastando.

— Mary — sua mãe chamou — espere eu terminar aqui que irei com você.

— Pode deixar, Lêda, eu termino aqui. Vá fazer companhia para Mary, ela precisa de você. — Paul era compreensivo e sensível aos sentimentos de Mary.

— Obrigada, Paul! — falou Lêda seguindo Mary.

Elas já estavam prontas, Paul passou no apartamento de Mary para os três descerem juntos.

O velório foi melancólico e havia uma boa quantidade de pessoas. Todos estavam pesarosos e surpresos pelo falecimento dos dois no mesmo dia.

Poucas pessoas participaram da cremação e Mary estava lá.

— O hospital nunca mais será o mesmo sem Moisés — pensou Mary chorando.

Paul amparava Mary o tempo todo e se angustiava com sua dor.

Após todos estarem em casa, o telefone de Mary toca.

— Alô! — atendeu Mary, sem reconhecer o número.

— Boa tarde, Dra. Mary! — falou uma voz de homem mais de idade.

— Boa tarde! Quem é?

— Meu nome é Douglas e sou o advogado e inventariante de Moisés.

— Pois não? Em que posso ajudá-lo, Dr. Douglas?

— Precisamos conversar. A Srta. estará amanhã no hospital ou ficará em casa? — ele perguntou educadamente.

— Amanhã não irei ao hospital, se o Sr. quiser, poderá vir até o meu apartamento. Caso seja muito importante — falou Mary triste.

— Realmente é importante — ele disse. — Por favor me passe seu endereço e qual horário poderei ir.

Mary ainda conversou mais um pouquinho tentando obter mais informações sobre o que o inventariante poderia querer com ela.

— Amanhã explicarei tudo — tenha um bom dia.

— Está tudo bem, meu amor? — perguntou Paul colocando limonada para eles.

Estavam os dois sozinhos, Lêda após o velório havia voltado para sua casa.

— Não sei, querido, o inventariante e advogado de Moisés quer falar comigo.

— Moisés deve ter deixado alguma instrução para isso. Quer que eu esteja presente, como advogado? — perguntou solícito.

— Obrigada, querido, não precisa.

— Qualquer coisa estarei no escritório e você pode me chamar, ok? — ele falou abraçando Mary.

— Obrigada, Paul! — Mary estava emocionada demais.

No outro dia, Mary foi para seu apartamento esperar Douglas e Paul foi para seu escritório.

— Pode deixar subir — obrigada!

— Bom dia, Dr. Douglas — cumprimentou Mary pegando na mão do advogado.

— Bom dia! — Ele falou cordialmente. — *Ela está realmente muito abalada*, pensou Douglas observando o semblante triste e abatido de Mary.

— Vamos nos sentar aqui à mesa — chamou Mary. — Em que posso ajudá-lo?

— Dra. Mary...

— Por favor, me chame de Mary — ela o interrompeu.

— Tudo bem! Me chame de Douglas — ele falou com um sorriso triste.

Mary ficou olhando para o rosto do homem, que aparentava ter mais ou menos a mesma idade de Moisés.

— Mary, há alguns anos, Moisés fez um testamento. Eu mesmo o redigi e foi tudo de acordo com Sissy.

— Sim — Mary respondeu sem entender.

— Vamos fazer a leitura hoje, às 16:00. Mas como você é a única beneficiária, eu penso que posso adiantar tudo para você. O que acha?

— Não sei se entendi, Douglas. Moisés deixou algo para mim? — Mary estava perplexa demais.

— Não só deixou algo, como tudo o que ele tinha. — Ele falou com profissionalismo.

— Eu não entendo — falou Mary de olhos arregalados.

— Mary, como você bem sabe, eles não tiveram filhos e ele a tinha como filha — o advogado continuou. — Ele deixou cinquenta e cinco por cento do hospital para você, todas as suas propriedades, que somam quatro, e todo o dinheiro do banco. Moisés não deixou nenhuma dívida.

Mary teve uma crise de choro e Douglas não disse uma palavra, deixou Mary desabafar toda a sua tristeza.

— Eu não queria nada disso, apenas eles aqui comigo. Eu os amava como se fossem meus pais — ela falou chorando e soluçando.

— Eles sabiam disso, Mary. Eles a amavam também. Sissy não quis deixar nada para seus parentes, que nunca iam visitá-los, e Moisés só tinha um irmão solteiro, que faleceu antes de ele fazer o testamento. Acho que foi mais que justo deixar tudo para você, Mary — disse o advogado polidamente.

O advogado saiu e Mary chorou mais ainda, sentindo todo o amor e gratidão por Moisés e Sissy. Eles a tornaram uma mulher rica.

— Obrigada, queridos amigos e pais. Vou lembrar-me de vocês por toda a minha vida. Um dia estaremos juntos novamente e faremos uma grande festa. Descansem em paz.

Mary limpou seu rosto que estava molhado pelas lágrimas e foi fazer um café. Precisava pensar no que fazer.

Não iria querer ser a diretora do hospital, isso jamais! Ela gostava de salvar vidas e, como diretora, teria que renunciar a tudo isso e não teria tempo para mais nada.

Estava noiva e queria aproveitar sua vida com Paul. Trabalhar e ter uma vida social também. Ela viu como Moisés era dedicado ao hospital e não tinha tempo para nada.

Colocarei um bom diretor para gerir tudo com eficiência e profissionalismo — pensou Mary.

Paul ligou e Mary contou tudo para ele, às vezes chorando, outras com grande tristeza.

Mary sabia que teria que ter frieza e decidir tudo com rapidez e eficiência. O hospital não poderia ficar sem diretoria, e ela não queria deixar nas mãos de qualquer um.

Começou a repassar em sua cabeça, todos os médicos do hospital e resolveu dar uma ligada para Robson.

— Boa tarde, Mary! — ele falou tristemente.

— Oi, Robson — ela falou.

— Muito triste o que aconteceu, estamos todos muito chateados. Moisés era um grande amigo e diretor — falou com pesar.

— Robson, podemos nos encontrar hoje? Se você não tiver muita coisa aí... — Ela falou meigamente.

— Claro! Acabei de deixar o consultório e podemos nos encontrar. Onde você está? quer que eu te encontre? — ele perguntou solícito.

— Você me faria um grande favor se pudesse vir até meu apartamento. — Ela disse meigamente.

— Claro! Vou, sim. Chego em vinte minutos.

Robson estava namorando uma enfermeira havia seis meses e tinha desistido de Mary. *Ficou uma grande amizade* — ele pensou trocando de roupa.

Em meia hora, Robson já estava em sua porta.

— Entre! — falou Mary dando um abraço e um beijo em seu amigo.

— Sinto muito, Mary, por sua perda. Todos sabemos o quanto você era estimada por Moisés e Sissy. — Ele falou olhando para o rosto abatido de Mary.

— Obrigada, Robson! O que vou te falar aqui, eu gostaria que ficasse somente entre nós, por enquanto — falou Mary, olhando bem séria para ele.

— Claro! O que está acontecendo? — ele perguntou franzindo a testa, preocupado.

— Você gostaria de assumir a diretoria do hospital? Claro que terei que conversar primeiro com os outros acionistas e ver se eles concordam, mas a última palavra será a minha.

— Não estou entendendo — ele falou perplexo.

— Bem, ainda tenho uma reunião com o advogado, mas pelo que ele me adiantou, Moisés deixou tudo para mim — Mary falou começando a chorar.

Robson levantou-se do seu lugar e abraçou o ombro de Mary, consolando-a.

— Não fique assim, querida, a vida é assim mesmo — ele disse com voz fraca.

— Estou tão sentida. Amava-os como a meus pais.

— Eu sei! Eu sei! Vai ficar tudo bem — ele falou dando tapinhas carinhosos em suas costas.

— Eu vou pensar, Mary, sobre isso. Como você sabe, é uma grande responsabilidade e terei de abdicar de ser médico. Eu prometo te dar uma resposta amanhã. Agradeço pela confiança depositada em mim.

Robson conversou mais um pouco com Mary, falando de sua nova namorada com entusiasmo e amor.

Mary estava feliz pelo amigo.

Capítulo Vinte e Um

SEIS MESES DEPOIS

Mary estava feliz e agradecida. Nos seis meses seguintes ao falecimento de seus amigos, ela descobriu que estava muito rica e que não precisaria mais trabalhar se não quisesse.

Moisés a tinha deixado muito bem.

Robson assumiu a diretoria do hospital, com o aval de todos os outros. Após esse período, todos estavam satisfeitos e felizes por terem Robson.

Ele se tornou um excelente diretor, e o hospital estava cada dia melhor e dando bons lucros.

—- Faltam trinta dias para o seu casamento, querida, como você se sente? — perguntou sua mãe empolgada.

— Estou tão feliz, mamãe — Mary respondeu sorrindo, tomando seu sorvete de baunilha.

— Mary! Você vai engordar desse jeito. Que ansiedade é essa, menina? — sua mãe brincou.

— Mamãe, sinto muita falta de Moisés e Sissy, e jamais esperaria que eles me deixassem tão bem. Sou muito grata a eles — Mary falou olhando para sua mãe.

— Eles a amavam, querida, e não tinham ninguém para deixar. Você era a mais próxima deles. Não se sinta culpada por usufruir desse dinheiro.

— Não vou me sentir culpada. Prometo! — disse Mary, tranquila.

Os dias passaram voando e Mary estava cada vez mais envolvida com os preparativos para o seu casamento.

Paul estava empolgado e nunca esteve tão feliz.

Eles decidiram que ficariam morando na cobertura de Paul, e Mary iria deixar seu apartamento montado para quando recebessem algum parente ou amigo.

Debby estava grávida de cinco meses e com uma barriga imensa, pois havia dois bebês, para a alegria de Wagner.

Debby e Wagner seriam padrinhos de Mary e Paul.

O grande dia chegou.

— Calma, Paul, desse jeito você terá um colapso — falou Wagner arrumando a gravata do amigo.

— Não entendo, minha vida toda ponho e tiro gravatas e agora não consigo dar esse maldito nó — falou ele sorrindo de orelha a orelha.

— Você está muito nervoso. Vai dar tudo certo — falou Wagner sorrindo para seu melhor amigo.

Paul estava elegantemente vestido e muito bonito. Era o puro deus grego.

Estava no altar aguardando a chegada de Mary, que estava atrasada cinco minutos. A ansiedade era muita, mas ele sabia que valeria a pena.

A marcha nupcial começou a tocar e todos olharam para trás.

Mary surgiu na grande porta da igreja com sua mãe ao lado.

Elas entraram de mãos dadas.

Mary estava magnífica! Seu vestido era champanhe e seus cabelos estavam soltos com uma linda tiara.

A maquiagem era bem leve, e ela irradiava felicidade.

Quando Paul avistou Mary de mãos dadas com sua mãe, ele começou a chorar olhando para sua amada. Wagner ofereceu um lenço a ele.

Como eu amo você, Mary — Paul pensou limpando seus olhos.

Mary sorria para todos, e ao chegar ao altar sua mãe deu-lhe um beijo no rosto e a abraçou.

— Seja muito feliz, Mary — ela disse emocionada.

Mary apenas deu um sorriso e foi ao encontro de seu amado.

A cerimônia foi linda e o celebrante falou de todas as coisas que envolvem uma relação duradoura.

Mary chorou, e Paul também.

A recepção foi maravilhosa e todos se divertiram até altas horas.

Mary e Paul pegaram o jatinho particular de Mary, que era de Moisés, e ambos foram passar a lua de mel em Paris.

Ficariam uma semana visitando museus e comendo o melhor da comida francesa. Ambos precisavam de um descanso, após passarem por tantas coisas.

— Não acredito que já estamos aqui há três dias, querido — falou Mary tomando seu sorvete.

— O tempo voa ao seu lado, querida — falou Paul dando um beijo em Mary.

— Paul, eu estou com um projeto em minha cabeça e gostaria de sua opinião e, se você tiver um tempo, eu queria a sua ajuda também.

— O que você tem em mente? — ele perguntou dando total atenção a Mary.

— Que tal se nós dois abríssemos uma casa de recuperação para pessoas em situação de rua? — ela falou olhando para ele.

— Mary, isso é tudo o que eu sempre quis, mas sempre me faltou dinheiro para isso — Paul falou emocionado.

— Pois é. Moisés me deixou com muito dinheiro, e mesmo que eu viva por cem anos eu jamais conseguiria gastar tudo — ela falou muito séria. — Eu gostaria muito de ajudar as pessoas que queiram realmente largar essa vida de morador de rua.

— Poderíamos pedir incentivo fiscal, fazer parceria com o governo e também com indústrias e fábricas que queiram disponibilizar vagas para pessoas assim. O que você acha? — Paul ficou muito empolgado.

— Sim. Acho que devemos fazer parceria, sim, e também quero conversar com os acionistas do hospital para podermos atender essa população de graça. Com psiquiatras e psicólogos em tempo integral. Vou disponibilizar uma área para tratar essas pessoas.

Mary e Paul fizeram bastantes planos, e cada vez mais Paul amava e admirava Mary por sua generosidade.

— Paul, o que acha de vendermos esse jatinho? — ela perguntou sorrindo.

— Será um bom dinheiro para nosso projeto. Pode contar comigo, meu amor, a parte burocrática ficará a meu encargo.

— Vou me reunir com todos e te darei uma resposta. Temos muitos amigos que são ricos e podem nos ajudar. Quero uma casa/hospital, onde haverá tratamento, lazer, escola e também uma ala para crianças.

— Que tal se, em uma parte paralela da casa/hospital, houvesse uma parte para mulheres vítimas de violência doméstica? Elas ficariam ali somente até se estabelecerem — Paul falou empolgado.

— Com seus filhos? — perguntou Mary.

— Naturalmente que sim — respondeu Paul.

— Podemos pensar nisso, querido, e vermos como faremos, porque não daria para misturar essas mulheres e seus filhos com pessoas em situação de rua, que na maioria das vezes são viciadas em drogas e outras coisas mais — Mary falou pensativamente.

— É verdade, teria que ser bem separado mesmo. Foi somente uma ideia, querida — falou ele.

— Por sinal, é uma ótima ideia, mas precisamos ir com calma. Agradeço seu entusiasmo e amor por esse projeto.

Mary estava empolgada e feliz como nunca, e Paul também se sentia o homem mais sortudo do mundo.

— Já tem um nome em mente? — Paul perguntou sorrindo.

— Sim. Será "CASA JOHN" — Mary olhou para Paul com amor.

Paul encheu seus olhos d'água e abraçou Mary.

— Querida, eu não mereço você — ele falou emocionado demais.

— Vamos dedicar essa casa ao seu irmão, e ele, de onde estiver, irá nos auxiliar a fazer o melhor sempre.

— Obrigado, Mary, por todo o seu amor, carinho e amizade. Saiba que a amarei sempre de todo o meu coração.

— Eu te amo, Paul — Mary olhou para ele e soube que seriam muito felizes.

Ambos aproveitaram o que há de melhor em Paris. Passearam muito, se amaram bastante e chegou o dia de voltarem para suas responsabilidades.

Mary chegou ao hospital e foi direto para o centro cirúrgico. O homem baleado no abdômen tinha poucas chances, mas ela nunca desistia de um paciente e com certeza esse sobreviveria.

Foi uma cirurgia difícil e complicada, mas ela sabia que poderia fazer a diferença na vida das pessoas.

Mary chamou Jason para ajudá-la no projeto da CASA JOHN e ele se sentiu gratificado por isso.

— Minha querida, faço questão de trabalhar nesse projeto sem cobrar um tostão, quero contribuir para uma sociedade melhor — falou Jason para Mary.

— Obrigada, querido! — Mary agradeceu dando um abraço e um beijo em sua bochecha.

Tinham ficado bons amigos e sempre saiam para tomar um vinho. Jason tinha uma ótima namorada e Paul os acompanhava sempre que podia.

Mary e Paul estavam impressionados com seus amigos. Para todos que eles solicitavam fazer parte do empreendimento milionário da CASA JOHN, todos eles não queriam cobrar nada. Eles até agora só tinham gastado dinheiro, na compra do antigo orfanato desativado há vinte e cinco anos e abandonado.

A antiga casa pertencia a uma família e o proprietário fez um preço irrisório após saber em que seria transformado.

A ajuda vinha de todos os lados e Mary e Paul estavam encantados.

Após o engenheiro dar sua opinião, de que era melhor derrubar tudo do que tentar aproveitar algumas paredes velhas, Mary e Paul resolveram aprovar todo o projeto, e assim foi feito.

Jason também acompanhava a obra com toda dedicação e esmero de um grande e famoso arquiteto.

Nada seria deprimente e lembraria um hospital. Seria tudo decorado como um hotel.

Mary estava encantada!

— Isso vai ficar lindo gente! — ela dizia em todas as reuniões.

— Esse é o nosso objetivo — falou Jason sorrindo e o engenheiro concordando.

Em pouco tempo eles já poderiam fazer a inauguração e estava tudo correndo conforme o planejado.

— Sente-se aqui, querido — falou Mary meigamente para Paul.

— Você me faz tão feliz — Paul falou a Mary beijando seus lábios com amor e carinho.

— Você também me faz feliz, querido. Obrigada por ser você.

Mary e Paul sentaram-se de frente para a lua e nada poderia ser melhor.

Ambos agradeceram a Deus por isso.

Capítulo Vinte e Dois

Os preparativos para a inauguração da CASA JOHN iam de vento em polpa.

Paul trabalhava todos os dias após o escritório, com os projetos da casa/hospital e o proprietário do lote ao lado do orfanato, quando soube a que seria destinado aquela grandiosidade da obra, doou o lote ao lado para Mary e Paul fazerem o que quisessem.

Eles não cabiam em si de tanto contentamento, pois ali, separado de toda a CASA JOHN seria a CASA MOISÉS que seria destinada às mulheres que sofriam de violência doméstica, com seus respectivos filhos, por até três meses, para que se estabelecessem, arrumassem emprego e uma creche ou escola para seus filhos.

Wagner tinha feito parceria com eles para empregar em suas empresas pessoas que haviam deixado as drogas, dando uma segunda chance àqueles que ansiavam por um futuro melhor.

Debby conseguiu com amigas influentes parceria com creches e escolas públicas para os filhos das mulheres em situação de risco.

Todos se empenhavam para ajudar Mary e Paul em seus projetos e quando se deram conta, Mary não tinha usado quase nada do dinheiro deixado por Moisés, eram tantas parcerias e doações que estava sobrando dinheiro, aquilo realmente era um verdadeiro milagre e Mary agradecia a Deus por isso.

Ambas as casas estavam em fase de acabamento e as estruturas estavam magníficas. Nunca a cidade tinha ouvido falar em tamanha grandiosidade.

O governador do estado e o prefeito resolveram colaborar e foram grandes os incentivos fiscais.

Mary e Paul não pagariam nem luz e nem água das casas, o governo estava disponibilizando esses dois itens essenciais de graça. Os impostos também não seriam cobrados.

O governador conseguiu com a Alemanha aparelhos de ressonância magnética e tomografia computadorizada. O prefeito estaria doando dois aparelhos de raio X super modernos, a prefeitura queria fazer média com seus eleitores e quem ganhava era a CASA JOHN.

Jason iria doar todo o mobiliário da CASA MOISÉS, ele fazia questão disso e a mãe de Paul e a mãe de Mary iriam administrar essa casa.

As duas estavam empolgadas por fazerem parte desse projeto onde poderiam ajudar e também trabalhar. Ambas estavam amando.

— Querido? — chamou Mary meigamente por Paul.

— Sim, meu amor — Paul saiu de sua mesa e foi até Mary.

— Você imaginava isso? Que tudo daria certo e que seríamos tão afortunados por recebermos tanto apoio? — Mary perguntou a Paul.

— Jamais pensei que teríamos tanto apoio. Você faz ideia de quantos amigos, amigos mesmo, temos envolvidos nisso tudo? — Paul foi até sua mesa e pegou uma planilha para mostrar a Mary.

— Sei que temos muitas pessoas, mas não faço ideia de quantos amigos temos — Mary respondeu meigamente olhando para ele.

— Duzentos e cinco amigos estão colaborando de algum modo. Ah! E por falar nisso, ganhamos do nosso amigo Stanley quinhentos filtros para água e, durante dez anos, os copos descartáveis.

— Meu Deus, Paul, isso é maravilhoso! — Mary falou admirada. — Quando Stanley se dispôs a nos ajudar?

— Ele viu uma nota no The Times de como estava em andamento a nossa obra grandiosa, ficou ofendido de não o termos procurado, acredita? Ele é um bom homem e um empreendedor extraordinário.

— Paul, não usamos quase nada do dinheiro de Moisés! Isso é maravilhoso, pois poderemos nos manter por longos anos, até encontrarmos mais parceiros — disse Mary, muito emocionada.

— Alô? — atendeu Paul.

— Paul? — chamou seu amigo Wagner apavorado.

O coração de Paul disparou e ele gelou inteiro, já pensando coisa ruim.

— Fala, amigo — disse Paul preocupado.

— Debby está em trabalho de parto, estamos indo para o hospital.

— Fique calmo que eu e Mary estamos indo — falou Paul.

— O que houve? — Mary perguntou assustada levantando-se de trás de sua mesa.

— Debby está indo para o hospital, os gêmeos estão a caminho — falou sorrindo e feliz. — Wagner está apavorado — Paul sorria feito bobo, como se os filhos fossem dele.

— Vamos, querido! Vou ajudar no parto.

Ambos saíram apressados e chegaram juntos com Wagner e Debby.

— Calma, meu amor, vai dar tudo certo — falava Wagner, mais branco que cera, acompanhado de toda a família.

— Meu amor, eu estou bem, as contrações ainda não estão fortes ainda.

— Oi, gente! — falaram Mary e Paul juntos.

— Ah! Graças a Deus vocês chegaram — disse Wagner apavorado, ajudando Debby a descer do carro com a barriga enorme.

Debby olhou para Mary e sorriu de forma divertida de ver Wagner tão apavorado e toda a família ao redor deles.

— Por favor, deem espaço para Debby, o rapaz com a cadeira de rodas já está vindo — falou Mary sorrindo para eles.

— Eu quero ver o parto e estar ao lado de Debby — falou Wagner olhando para Mary, tipo pedindo sua autorização.

— Acho melhor você não entrar Wagner — falou Paul já conhecendo seu amigo.

— De jeito nenhum, eu vou entrar sim. Não deixarei Debby sozinha — falou Wagner apavorado e aflito.

— Eu não estarei sozinha, meu amor, Mary estará lá dentro comigo e meu médico também — falou Debby delicadamente.

— De jeito nenhum te deixarei.

— Ok. O rapaz chegou para levar Debby. Vocês ficarão em um quarto até as contrações estarem menos espaçadas e iremos assim que estiver pronto para o centro cirúrgico. — Falou Mary olhando para os cinco membros da família de Wagner.

Debby estava com dores, mas não disse nada, estava com medo de Wagner ter um infarto.

— Por que todos vieram? A família inteira? — perguntou Mary sorrindo divertida para Paul e falando bem baixinho.

— Não sei, querida — Paul falou sorrindo também.

O quarto do hospital logo ficou lotado com os cinco e mais Paul à tiracolo. Wagner não aceitava ficar longe de Paul, e ele sorria do amigo.

Mary já estava no centro cirúrgico para atestar que tudo estava preparado.

— Eu posso dar a peridural se você quiser, Alex — falou ela para o médico de Debby.

— Por favor, querida, faça isso. Estou com a outra paciente ali, na outra sala, que não está nada bem — ele falou calmamente.

— Pode ficar tranquilo que eu dou — Mary falou delicadamente.

Mary voltou para o quarto e estava um verdadeiro caos com Wagner em cima de Debby sem dar espaço para ela respirar, as crianças falando alto e Paul apenas sentado observando aquela cena hilariante.

— Gente, escutem por favor! Vocês todos podem descer e eu ficarei com Debby — ela disse gentilmente.

Todos olharam para Wagner que estava de olhos arregalados e o cabelo bagunçado.

— Eu vou ficar com Debby, Mary — falou Wagner firme, e nada o faria mudar de ideia.

— Eu desço com as crianças e aguardaremos lá embaixo — falou Paul.

— Não! — gritou Wagner — você ficará aqui comigo, cara — ele falou apavorado demais.

— Meu amor, está tudo bem, não fique tão angustiado. Vai dar tudo certo — Debby falou pegando em sua mão.

— Eu e Paul ficaremos e as crianças vão descer. Tadeu, cuide de suas irmãs.

— Ok, papai, pode deixar — falou Tadeu já chamando Cintia e Ana para descerem.

Todos se despediram de Debby com um beijo e abraços.

Debby estava cansada e queria privacidade.

Mary olhou para Paul pedindo ajuda para afastar um pouco Wagner dali.

Paul sorria divertido e balançava a cabeça brincando de revirar os olhos.

Mary desistiu e se afastou com Paul para ficarem na janela.

Após trinta minutos, Debby já estava bem dilatada e com muitas contrações.

Mary chamou a enfermeira com a anestesia, e mandou Debby sentar na cama. No espaço entre uma contração e outra, ela iria dar a anestesia peridural.

Debby sentou-se e Wagner se posicionou ao lado dela.

Quando Mary rodeou a cama e pegou a seringa com uma grande agulha e ficou procurando com os dedos o melhor local para aplicá-la, ela olhou assustada para Wagner que ficava cada vez mais branco.

— Corre, Paul, — chamou ela — Wagner vai desmaiar.

Antes que Wagner caísse no chão, Paul o amparou e o colocou deitado no sofá.

— Wagner — chamava Paul apavorado.

— Por isso não gosto de maridos em centro cirúrgico, você não sabe se ajuda o marido ou a paciente — falou Mary sorrindo.

— Ele vai ficar bem? — perguntou Debby com dores cada vez maiores.

— Vai ficar bem, querida. — Mary falou delicadamente.

— Quero ir ao banheiro, Mary — Debby falou.

— Vamos fazer a lavagem intestinal agora, antes da anestesia.

— Paul, por favor, meu amor. Saia um momento, deixe Wagner aí dormindo, precisamos de privacidade.

— Estarei aqui do lado de fora, qualquer coisa me chame — falou Paul educadamente e sem olhar para Debby, que estava com os seios à mostra e suando mais que tudo.

— Obrigada, querido — Mary respondeu já falando com a enfermeira para fazer a lavagem em Debby.

Mary olhou o pulso de Wagner e estava tudo bem. Ela o deixaria dormir um pouco.

Após todos os procedimentos, Debby estava pronta e a maca chegou.

— Fique com Wagner, querido — falou Mary pegando na mão de Paul e apertando carinhosamente.

— Ele ficará bem? — perguntou Paul, preocupado.

— Sim, querido. Deixe-o dormir — ele estava apavorado demais.

Paul olhou para Wagner dormindo no sofá e sentou-se em uma cadeira. Pegou seu celular e ficou tirando fotos do amigo e rindo.

Mary ajudou o médico de Debby e os gêmeos nasceram, lindos e saudáveis.

Dois lindos meninos. Mary ajudou a limpá-los e os entregou a uma Debby emocionada e chorando muito.

Os gêmeos choravam alto e forte.

Mary sorria emocionada também.

— Parabéns, querida! Você foi ótima e seus filhinhos são lindos.

— Obrigada, Mary, por estar comigo. E o Wagner? — ela perguntou sorrindo.

— Dormindo ainda — ambas riram.

— Vou te dar um remédio para dormir até o Dr. Alex terminar tudo, tá bom? — falou Mary entregando os filhos para a enfermeira pesar, dar banho e arrumá-los.

Debby concordou com a cabeça, estava exausta e queria dormir mesmo.

Epílogo

Wagner finalmente acordou do seu desmaio.

— Onde está Debby, Paul? — perguntou Wagner assustado, sentando-se no sofá, sentindo-se no mesmo instante que estava muito tonto.

— Já ganhou os gêmeos, Wagner — falou Paul sorrindo de orelha a orelha.

— Pai, você também desmaiou quando nós três nascemos? — perguntou Ana rindo, e os três também riram abraçando Wagner, descabelado e sem jeito.

— Que vergonha, gente — falou levantando e se recompondo da melhor maneira possível.

Foi ao banheiro e lavou o rosto, passou as mãos no cabelo para tentar ficar com melhor aparência.

— Quando podemos vê-la? — perguntou Wagner a Paul.

— Acho que agora não. Mary passou aqui e disse que os garotos estão bem e Debby também. Ela precisa primeiro mexer as pernas para depois vir para o quarto. — Falou Paul tentando acalmar Wagner, que começou a andar de um lado para o outro.

— Nem os gêmeos podemos ver? — ele perguntou frustrado.

— Daqui a pouco, Wagner. Por favor, sente-se, cara — falou Paul sorrindo, e as crianças o abraçaram sorrindo.

Wagner abraçou seus filhos e ficou bem mais calmo.

— Vamos descer, tomar um café e depois voltamos. — Falou Paul colocando todos para fora do quarto.

Finalmente todos puderam ir até o quarto de Debby. Os gêmeos estavam mamando em Debby, cada um de um lado, e ela estava apaixonada por aquelas criaturinhas mais fofas.

— Minha querida! — Wagner disse aproximando-se dela e dando-lhe um beijo carinhoso. Olhou para seus filhos lindos e gulosos e sorriu ao mesmo tempo em que chorava feito um bebê.

— Pai, está tudo bem — Cintia o abraçou e os outros vieram e abraçaram o pai que se emocionou ainda mais.

— Está tudo bem, meu amor, olha como eles são lindos e fortes — Debby falou sem poder segurar a mão de Wagner. Ela apoiava os filhos em seus braços.

— Mary já está providenciando uma estudante de enfermagem mais experiente para te ajudar em casa, tá bom, querida?

— Obrigada, meu amor. Irei precisar mesmo — falou sorrindo.

Os bebês eram lindos, fortes e saudáveis e Debby e Wagner estavam muito felizes.

Quatro meses passaram voando e Wagner e Debby estavam felizes e cada dia mais apaixonados.

A casa estava cheia de brinquedos e apetrechos de crianças para todos os lados. Mas Wagner não se importava, estava feliz de ser pai novamente e todos em casa colaboravam para ajudar Debby no que fosse preciso.

Ela decidiu contratar duas babás e dispensar a estudante que não tinha experiência de quase nada.

Debby pretendia ficar mais três meses com seus filhos e depois disso voltar a trabalhar. Trabalharia Home Office por três meses e depois voltaria ao escritório.

Wagner nunca sugeriu a Debby largar seu emprego para cuidar dos filhos.

Isso, com certeza, jamais aconteceria. Debby amava ser advogada e não abriria mão disso por dinheiro nenhum, mas daria mais assistência aos filhos e distribuiria seu tempo de modo a poder ser boa nos dois níveis.

O tempo passou voando e, após seis meses do nascimento dos gêmeos, finalmente chegou o grande dia.

A CASA JOHN e a CASA MOISÉS seriam inauguradas juntas, no dia 24 de dezembro.

Mary, Paul e seus inúmeros amigos que contribuíram para que o projeto fosse adiante, estavam ansiosos pela inauguração.

Foi uma recepção linda com muitas pessoas importantes como o governador, o prefeito e muitas outras autoridades e políticos da cidade.

Mary e Paul sabiam da importância dessas pessoas para que ambas as casas funcionassem com o mínimo possível de dinheiro deles.

Mary fez questão de um regime de casamento onde Paul também fosse dono de tudo o que fosse dela, isso não era discutível.

As duas casas ficaram além do esperado em estrutura, equipamentos e profissionais da saúde.

— Atenção! Atenção! — falou Mary no microfone ao lado de Paul.

O burburinho cessou e ela começou.

— Eu gostaria de agradecer a cada um de vocês aqui presentes e dizer que esse sonho não é somente meu e do Paul, mas de todos nós.

— Viva! — as pessoas gritaram.

Mary deu um sorriso.

— Se hoje esse sonho está sendo realizado, é graça a cada um de nós que nos esforçamos de alguma maneira. Seja doando dinheiro, seja conseguindo um patrocinador, seja doando o seu tempo.

— Vivia! — Muitas palmas.

— Eu quero pedir a todos que venham nos visitar, venham fazer parte da CASA JOHN E DA CASA MOISÉS. Venham ser voluntários, com uma palavra amiga, com doações de roupas e calçados, que certamente nossos irmãos menos afortunados irão precisar quando chegarem aqui. A luta será grande e árdua, mas sei que com a ajuda de Deus e de vocês, nós iremos conseguir.

A luta está apenas começando. Agradeço de coração a todos. Que Deus conceda a cada um a recompensa de que são merecedores.

Mary chorou e todos que estavam presentes se sentiram gratos por ter feito algo para tentar ajudar.

— Feliz? — perguntou Paul abraçando Mary.

— Sim. Estou muito feliz e grata a todos.

Mary e Paul se abraçaram e tiveram a certeza de um final feliz para todos.

Fim

Sobre a autora

Ana C. Sales nasceu e vive em Goiânia, Goiás com seu marido. Ana tem quatro filhos, e é dona do renomado ateliê de doces, La Gourmet Doces. Ana é autora da autobiografia A Ponte Que Eu Não Atravessei, e do romance The Greystones - Se Apaixone Por Eles, lançado mundialmente em inglês e português.

Sobre a editora 5310 Publishing:

Com sede no Canadá, a 5310 Publishing tem atividades em todo o mundo, vendendo livros em 127 países e em vários idiomas. Desde 2018, a 5310 tem publicado livros para adultos e jovens adultos, e livros para colorir.

Nos acompanhe no Twitter e no Instagram: @5310publishing
Para mais livros, visite 5310publishing.com

Se você gostou deste livro, por favor escreva uma resenha/review online.